dtv

»Die muntere Jammerparade des italienischen Arbeitersohns Walter, der gern studieren, den Militärdienst verweigern und vor allem endlich mit einem Mädchen ins Bett möchte ... Ein Unglücksrabe – und ein Glücksfall für fröhliche Sommerlektüre.« (Der Spiegel)

»Beste Unterhaltung im Taschenbuchformat, schnell, gnadenlos und mit Stichen ins Wespennest der heutigen Gesellschaftsmoral. Umwerfend komisch, bis einem das Lachen im Halse stecken bleibt.« (City)

»Culicchias Leiden des jungen Walter sind wunderbar zu lesen (wohl auch, weil von Peter Klöss wunderbar übersetzt) – witzig, sarkastisch, manchmal traurig ... exzellent.« (›Tip‹, Berlin)

»Zu klassisch unangepaßt – Walters Scheitern ist programmiert: Das Leben erfüllt seine Träume nicht. Kein Literaturruhm, kein Mädchen, der Möchtegern-Schriftsteller wird Laufjunge in einem Bücherladen. Aus der Traum – was für ein starkes Ende in einem tollen Buch.« (Stefan Schmitt, ›Abendzeitung‹)

Giuseppe Culicchia, geboren 1965, lebt in Turin und arbeitet als freier Journalist und Autor. ›Knapp daneben‹, sein erster Roman, stand in Italien monatelang auf den Bestsellerlisten und wurde mit dem Premio Montblanc und dem Premio Grinzane Cavour ausgezeichnet. Inzwischen hat Culicchia zwei weitere Romane veröffentlicht, ›Kommt gut‹ (1995, dt. 1998) und ›Bla bla bla‹ (1997).

Giuseppe Culicchia

Knapp daneben

Deutsch von Peter Klöss

Deutscher Taschenbuch Verlag

Von Giuseppe Culicchia
ist im Deutschen Taschenbuch Verlag erschienen:
Kommt gut (12617)

Für Babilla

Ungekürzte Ausgabe
Februar 1998
4. Auflage Mai 1999
Deutscher Taschenbuch Verlag GmbH & Co. KG,
München

Titel der italienischen Originalausgabe:
›Tutti giù per terra‹

Umschlagkonzept: Balk & Brumshagen
Umschlagfoto: © HERA INTERNATIONAL FILM PRODUCTION
Filmtitel: ›Tutti giù per terra‹, Italien 1997
Produzent: Gianfranco Piccioli, Regisseur: Davide Ferrario
Satz: KCS GmbH, Buchholz/Hamburg
Gesetzt aus der Plantin 10/12' (QuarkXPress 3.31)
Druck und Bindung: C. H. Beck'sche Buchdruckerei,
Nördlingen
Gedruckt auf säurefreiem, chlorfrei gebleichtem Papier
Printed in Germany · ISBN 3-423-12616-7

Hungry darkness of living
Who will thirst in the pit?
She spent a lifetime deciding
How to run from it

GHETTO DEFENDANT
COMBAT ROCK, THE CLASH, 1982

Dieses Buch ist ein Werk der Phantasie. Sämtliche Personen, Handlungen und Dialoge sind frei erfunden. Jeder Bezug auf reale Begebenheiten oder Personen ist rein zufällig.

1. Kapitel

1.

Ende der achtziger Jahre schien die Welt endgültig unterzugehen, und in Erwartung dessen beschränkte ich mich darauf, im Kreis herumzulaufen, tagaus, tagein. Ich legte immer mehr oder weniger dieselbe Strecke zurück. Ohne Ziel. Jeden Tag dieselben Straßen. Dieselben Schaufenster. Dieselben Gesichter. Aus den Geschäften heraus begafften die Verkäufer die Passanten, wie die Tiere im Zoo die vorbeiziehenden Touristen begaffen. Verglichen mit denen fühlte ich mich fast frei. Allerdings stand mir nur frei, nichts zu tun.

Via Po Piazza Castello Via Roma. Piazza San Carlo Via Carlo Alberto Via Lagrange. Piazza Carignano Piazza Carlo Alberto Via Po. Und wieder von vorne: Piazza Castello, Via Roma, Piazza San Carlo. Jeden Tag. Tagaus, tagein. Kilometer für Kilometer. Ohne Ende. Die Sohlen meines einzigen Paars Schuhe waren schon ganz abgelaufen. Beim Gehen versuchte ich, die Füße so wenig wie möglich aufzusetzen, aber das führte nur dazu, daß ich eher hüpfte als ging. Ich wollte keinen Job als Verkäufer. Ich wollte keine Karriere machen. Ich wollte mich nicht in einen Käfig einsperren. Doch mittlerweile war die Stadt mein Käfig. Ihre immergleichen Straßen waren mein Labyrinth. Kein Faden, an den ich mich halten konnte. Keinerlei Aussicht mehr.

2.

Eines Tages erhielt ich ein Einschreiben vom Verteidigungsministerium. Mit ein paar Jahren Verspätung waren sie dahintergekommen, daß sie mich nie zur Musterung bestellt hatten.

In der Kaserne unterbrach der Arzt, der meine körperliche Verfassung begutachten sollte, die Lektüre des ›Trab-Sportlers‹ immerhin schon eine Viertelstunde nach meinem Eintreffen in seinem Büro.

»Wie steht's mit deinem Blutdruck?« fragte er mich.

»Keine Ahnung, Herr Doktor. Ist noch nie gemessen worden.«

»Na, in deinem Alter haben sie ja alle einen ausgezeichneten Blutdruck.«

»Alle?«

»Alle, wirklich alle. Den brauchen wir nicht zu messen.« Er schrieb etwas in meine Akte. Mit derselben Gewissenhaftigkeit untersuchte er Sehvermögen, Urin und Blut.

»Gut«, sagte er, »betrachten Sie sich als tauglich und eingezogen.«

Die Musterung hatte nicht länger als zwei Minuten gedauert. Offensichtlich waren sie darauf erpicht, die verlorene Zeit wieder hereinzuholen.

Ich wollte gerade gehen, als ich an der Tür einen Aushang bemerkte. Es ging um einen Wettbewerb zum Offiziersanwärter der Reserve. Vielleicht ließe sich bei der Sache ja wenigstens was verdienen, dachte ich.

»Was für Voraussetzungen braucht man denn, um an dem Wettbewerb teilzunehmen?« fragte ich den Albert-Schweitzer-Verschnitt. Er hatte gerade die Lektüre eines Artikels wiederaufgenommen, dessen Überschrift lautete: »OTTOBRUNGAL ZIEHT IM RICHTIGEN MOMENT AN UND MELDET SICH SPEKTAKULÄR ZURÜCK.«

»Ist jemand in deiner Familie General?«
»Nein.«
»Stadtrat, Minister, Parteisekretär?«
»Auch nicht.«
»Bischof, Kardinal, Priester?«
»Keine Spur.«
»Dann gib's auf. Das sind getürkte Rennen. Dich ließen die nicht mal an den Start.«

3.

Ich erfuhr dann, daß man als Kriegsdienstverweigerer eine Art Gehalt bekam, und zwar in etwa die Summe, die der Staat für den Unterhalt eines Soldaten ausgab. Ich erinnere mich nicht mehr an den genauen Betrag. Es mußten so um die dreihunderttausend Lire im Monat gewesen sein. Die graugrünen Jungs führten ein eher spartanisches Leben. Abzüglich der Kosten für Verpflegung, Kleidung und Unterkunft bekamen sie gerade mal sechzigtausend Lire Sold ausbezahlt. Vielleicht brachten sich ja auch deshalb so viele von ihnen um. Ich stellte ein paar Berechnungen an. Das Essen war kein Problem, weil ich nur ganz wenig aß. Zu Hause hatten sie mich noch nicht rausgeschmissen. Etwas zum Anziehen hatte ich. Ich entschied mich also für den Zivildienst. Ein Mann hat seinen Preis. Mir hatte die Differenz von zweihundertvierzigtausend Lire genügt.

4.

Die Organisation der Kriegsdienstverweigerer hatte ihren Sitz in einem Kellerraum am Stadtrand. An die Bushaltestelle hatte jemand den Spruch gesprüht: DIE PERIPHERIE IST DIE GRÖSSTE PERFIDIE. Ich ging die müllübersäten Bürgersteige entlang bis zu einem Hinterhof, in dem zwei Familien lauthals miteinander stritten. Männer, Frauen und Kinder warfen sich von einem Balkon zum anderen unverständliche Beschimpfungen an die Köpfe. Vollaufgedrehte Fernseher komplettierten die Brüllerei. Der Keller befand sich am Ende des Hofes. Dort stieß ich auf ein Paar Typen in Sandalen. Beide trugen Vollbart und lange Haare. Die Standardverweigerer. Ich selbst war kahlrasiert.

»Nazis raus!« schrie mir der ein bißchen weniger Softe entgegen.

»Wir lassen uns auf keinerlei Provokation ein, egal woher sie kommt«, fügte der andere hinzu.

»Also, ich persönlich komme gerade draußen von der Straße«, sagte ich. »Ich will den Kriegsdienst verweigern.«

»Was willst du?« fragten mich beide.

»Den Kriegsdienst verweigern.«

Die zwei sahen sich verblüfft an.

»Du willst den Kriegsdienst verweigern?« wiederholten sie unisono.

»Also ich jedenfalls schon. Und was ist mit euch?«

Wieder sahen sie sich an. Sie waren praktisch identisch. Der eine schien sich im anderen zu spiegeln.

»Hm, logisch sind wir Kriegsdienstverweigerer«, sagte der, der diesem fiesen Che-Guevara-Foto ein ganz klein bißchen ähnlicher sah. »Du mußt entschuldigen wegen der Anmache, aber wir haben dich für einen Fascho gehalten.«

Immer noch fassungslos erklärten sie mir den ganzen

Ablauf. Ich mußte einen Antrag beim Verteidigungsministerium in Rom stellen, worin ich darum ersuchte, Zivildienst bei einer anerkannten Dienststelle meiner Wahl zu leisten. Eine eigens dazu bestimmte Kommission würde dann über mein Schicksal entscheiden, das Gesuch annehmen oder ablehnen, eine andere Dienststelle bestimmen oder es bei der von mir ausgesuchten belassen. Die Beweggründe für diese Entscheidung lagen im dunkeln. Vielleicht losten sie ja einfach aus der eingehenden Post, so wie in der Fernsehlotterie. Fest stand nur, daß sie so viele Leute wie möglich von dem Vorhaben abbringen wollten, Zivildienst zu leisten.

In einem Verzeichnis hatten die Che-Guevaristen alle vom Verteidigungsministerium anerkannten Dienststellen aufgelistet. Ich beschloß, von vornherein den ätzendsten Posten auszusuchen, damit die von der Kommission nichts Schlimmeres als Ersatz zur Verfügung hatten. Gründlich durchforstete ich die Liste. Es gab alles mögliche. Krankenhäuser, Altersheime, Naturparks, Bibliotheken. Eine Ziffer neben jeder Dienststelle bezeichnete die Anzahl der Antragsteller, die sich dafür entschieden hatten. An der Spitze lagen die Umweltschützer von »Italia Nostra« und der WWF. Ich entschied mich für den absoluten out-Job, für das Centro Accoglienza Nomadi ed Extracomunitari, kurz CANE, das städtische Sozialreferat, das für Sinti und Roma sowie Nicht-EU-Bürger zuständig war.

5.

Zu Hause brachte ich dann den Antrag zu Papier. Ich packte alles hinein, was mir zu Frieden, Hungersnöten, Atomkriegen, Solidarität und Freiheit durch den Kopf ging. Die Vollbärte hatten mich ermahnt, nur ja keine politischen Motive anzuführen. Die Sache wäre dann nämlich automatisch abgewiesen worden und ich als potentieller Terrorist in die Akten gewandert.

Als ich fertig war, las ich das Meisterwerk noch einmal durch. Es wirkte wie ein Artikel aus dem ›Osservatore Romano‹, der ganze übliche Scheiß kam vor. Doch es war mir gelungen, die Gewissensgründe darzulegen, deretwegen ich den Kriegsdienst verweigerte, ohne die beträchtlichen wirtschaftlichen Vorteile bei der ganzen Sache zu erwähnen.

6.

Auf der Post wurden an dem Tag gerade die Renten ausbezahlt. Ich versuchte mich anzustellen, aber keiner der Omas und Opas hielt sich an die Reihenfolge. Alle versuchten sich unter Einsatz der Ellenbogen vorzudrängeln und brüllten und fluchten dabei, bis sie ganz heiser waren. So sah es nun mal aus, das Ende in der bürgerlich-westlichen, postmodernen, postindustriellen, postwasweißich Gesellschaft: Wenn man erst einmal unproduktiv geworden war, reduzierte sich das Ganze darauf, daß man sich für ein paar Groschen gegenseitig an die Gurgel sprang, nur um nicht in der Gosse zu landen. Vorausgesetzt, daß man nicht schon in der Gosse lag. Nach ein paar Stunden war ich an der Reihe.

»Um die Rente Ihres Großvaters abzuholen, brauchen

Sie aber eine Vollmacht«, beschied mir, bevor ich den Mund aufmachen konnte, die Post in Gestalt eines langbärtigen männlichen Subjekts in den Dreißigern, das an Fettleibigkeit und beginnender Kahlköpfigkeit litt, Ringe unter den Augen und durch verschiedene nervöse Tics entstellte Gesichtszüge hatte und sich augenscheinlich am Rande des Nervenzusammenbruchs befand.

»Ich muß ein Einschreiben aufgeben.« Ein paar Sekunden lang verfiel der Postdienst in absolute Starre.

Dann kam er wieder zu sich. »Wohin?«

»Rom, Verteidigungsministerium.«

»Da empfehle ich Ihnen einen Eilbrief.«

»Ich hätte aber lieber ein Einschreiben.«

»Ein Eilbrief reicht völlig.«

»Hören Sie, ich möchte, daß dieser Brief als Einschreiben abgeht, nicht als Eilbrief.«

Sein Gesicht wurde durch eine Reihe zusätzlicher Zuckungen entstellt.

»Das kostet Sie aber mehr.«

»Es interessiert mich nicht im geringsten, was die Sache kostet. Ich will nichts weiter, als ein Einschreiben aufgeben.«

Während der fette Postler mit Mühe die Kontrolle über sich bewahrte, drückte er dem Umschlag den Stempel EINSCHREIBEN auf. Ich füllte den Rückschein aus, zahlte und ging. Dem Schalterbeamten standen Tränen in den Augen.

Draußen schien die Sonne. Ich überlegte, ob ich zu Fuß nach Hause gehen sollte. Ich hatte keine Lust, mich in eine Straßenbahn reinzupressen. Im Gehen sah ich mich schon am Ende meiner zwanzig Monate Zivildienst, frei von allen militärischen Verpflichtungen. Ich mußte nichts weiter tun, als die Antwort aus Rom abwarten. Maximal drei Monate, hieß es im Gesetz.

7.

Ich wartete über ein Jahr.

Währenddessen durfte ich mir entsprechend den Anordnungen des Verteidigungsministeriums keine Arbeit suchen. Im übrigen hätte mich in meiner Situation sowieso niemand eingestellt. Der Brief mit der Einberufung hätte ja jeden Moment eintreffen können.

Daß ich keine feste Arbeit annehmen durfte, fand ich nicht besonders schlimm. Morgens schlief ich bis um zehn. Tagsüber las ich. Hemingway. Fitzgerald. Ginsberg. Und abends stritt ich mich dann mit meinem Vater.

»Du scheinst ja nicht die geringste Lust zu haben, irgendwas zu tun«, schrie er mit dem Starmoderator Mike Bongiorno um die Wette, der lautstark aus dem Fernseher Millionen, Autos und Pelzmäntel seiner Super-Gameshow »TeleMike« unters Fernsehvolk jubelte.

»Ich muß die Antwort aus Rom abwarten.«

»In deinem Alter kümmert man sich um seine Karriere, und du tust nichts als lesen.«

»Ich halte Bücher für wichtiger als Geld.«

»Soso, der Herr hält also Bücher für wichtiger als Geld. Das Wort Karriere gefällt deinem Herrn Sohn nicht, stimmt's nicht, Frau?«

Meine Mutter sagte nichts. In Wirklichkeit machte mir das Wort Karriere angst. Mir war klar, daß ich ein Arbeiterkind war und daß ich mich verdammt anstrengen mußte, aber ich hatte überhaupt kein Interesse daran, Karriere zu machen und von einer perfekten Maschinerie zerquetscht zu werden, in die ich absolut nicht hineinpaßte. Was mich abschreckte, war nicht die Schufterei. Ich hatte einfach Angst, mich selbst in ein Gefängnis zu sperren, um dann eigenhändig die Schlüssel wegzuwerfen, wie es in meinen Träumen geschah. Mein Vater dagegen war besessen von dem Wort Karriere. Er konnte es sich nicht erlauben, mich auf eine Elite-Uni wie die Bocconi zu schicken, doch hoffte er wenigstens mitzuerleben, wie ich einer von diesen Abteilungsleitern würde, die ihn sein Leben lang bei FIAT geknechtet hatten. Einstweilen stritten wir uns jeden Abend, während in der Glotze TeleMike Bongiorno lief.

8.

Während ich so wartete, kam mir die Idee, daß ich mich ja an der Universität einschreiben könnte. Ich suchte mir Literaturwissenschaft und Philosophie aus, weil ich meinte, daß die geisteswissenschaftliche Fakultät die richtige für mich wäre. Die ganzen karrieregeilen Typen, die sich ein Erwachsenendasein als Manager erträumten, stürzten sich lieber auf Betriebswirtschaft, Informatik oder Jura. Mir war die Aussicht auf sozialen Aufstieg nach dem Examen ziemlich unwichtig. Vielleicht brachte es ja mehr, gemeinsam mit anderen menschlichen Wesen irgend etwas Interessantes zu studieren, statt dieselbe Bank zu drücken mit all den zukünftigen Haien in grauen Zweireihern und Vierundzwanzigstundenköfferchen, denen es nur darum ging, die tausendundeins Wege zu erlernen, seinen Nächsten über den Tisch zu ziehen.

Das Geld für die Immatrikulation lieh ich mir von meiner Mutter. Eines Morgens dann stand ich früh auf und ging ins Studentensekretariat der Uni. Die Leute in der Schlange vor dem Schalter der geisteswissenschaftlichen Fakultät sahen genauso aus wie die vor den Jura-, Informatik- und Betriebswirtschaftsschaltern. Na, dachte ich, wenn ich erst mal in die Vorlesungen gehe, werde ich sie schon besser kennenlernen. Da wird es vor jungen Poetenphilosophen nur so wimmeln. O ja.

9.

Die Universität war ein großer Kasten aus Glas und Stahlbeton und sah exakt aus wie das UNO-Hauptquartier, nur daß es auf einer Seite lag, dreckig war und ohne New York drumherum. Alles dort war grau: stahlgrau, mausgrau, perlgrau. Die Gänge waren grüngrau. Die Aufzüge rauchgrau. Die Wände der Hörsäle hellgrau. Nur die Scheiße, die in den Kloschüsseln antrocknete, weil die jungen Poetenphilosophen nicht auf die Spülung drückten, die war braun.

10.

Ich begann die Vorlesungen zu besuchen. Ziemlich schnell fand ich heraus, daß es nur ganz wenige wirklich interessante Veranstaltungen gab und daß der Hauptzweck der anderen darin bestand, die Studenten zum Kauf der Bücher zu bewegen, die der Professor geschrieben hatte.

Die Bar gegenüber der Uni war ständig überfüllt, aber bei den Preisen konnte ich mir nichts leisten. Scheinbar hatten alle Poetenphilosophen mehr Geld als ich, ganz zu schweigen von den Karrieretypen, die sich für Jura eingeschrieben hatten. Gewöhnlich trafen sie morgens gegen zehn in ihren funkelnagelneuen Geländewagen ein, parkten in zweiter oder dritter Reihe und stellten sich mit einem Aperitif an die Theke.

Mein Auftritt war nicht ganz so strahlend. Ich stieg aus der quietschenden Straßenbahn, wobei ich unter der Jacke eine Dose Bier und das riesige Gorgonzolasandwich verbarg, das ich von zu Hause mitgebracht hatte. In der Mittagspause durchstöberte ich das ganze Gebäude auf der Suche nach einem leeren Hörsaal, wo ich mich verstecken konnte, um in aller Einsamkeit zu essen.

Eines Tages, als die Uni vor lauter Leuten aus den Nähten platzte, flüchtete ich mich mit meinem Sandwich in Hörsaal 36. Hörsaal 36 war der absolut finsterste. Die Fenster waren verdunkelt, damit man während des Seminars über die Geschichte des Kinos Filme zeigen konnte. Ich stieg die Stufen zwischen den Bänken hoch und setzte mich in eine der letzten Reihen. In der Bomberjacke hatte ich alles, was ich brauchte: ein Heft, einen Bleistift, eine Ausgabe von ›Ecce homo‹, das Sandwich und das Bier. Ich biß in den Gorgonzola, während ich auf das Licht starrte, das durch die geöffnete Tür vom Gang hereinfiel. Es tat gut, alleine im Dunkeln zu sein. Ich machte die Dose auf. Da unterbrach eine Stimme hinter mir die Stille.

»Welches Semester bist du?«

Ich drehte mich um. Im Dunkeln entdeckte ich schemenhaft einen Typ, den ich in einer Ethik-Vorlesung gesehen hatte. Er trug ein blondes Bärtchen und eine Kordjacke. Der Prototyp des Poetenphilosophen.

»Welches Semester bist du?« fragte er mich zum zweiten Mal.

»Erstsemester«, antwortete ich und wurde rot. Mamas Sandwiches hatten mich schon immer ganz verlegen gemacht.

»Ich bin auch im ersten«, sagte er, während er die Stufen herunterkam und sich neben mich setzte. Er gab mir die Hand.

»Ich heiße Alessandro. Alessandro Castracan.«

»Freut mich.« Ich drückte seine Hand. »Ich bin Walter.«

»Ich bin. Große Worte. So einfach ist das ja nun nicht. Wenn du sagst, du bist Walter, meinst du das dann im cartesischen oder im heideggerschen Sinn?«

Irgendwie wurde der Hörsaal noch finsterer. Ich versteckte mein Sandwich unter dem Pult.

»Tja, also, mein Name ist Walter. Das ist alles.«

»Natürlich. Aber du bist Walter im Sinne von Dasein, und weil du dich in die Welt geworfen siehst, da du ein Mensch bist, stellst du dir die Frage nach dem Sein, richtig?«

Durch ein schwaches Kopfnicken zeigte ich meine Zustimmung. Mein Magen beschwerte sich geräuschvoll, er grunzte fast.

»Gott sei Dank. Ich hatte schon Angst, du beziehst dich auf das Walter-Sein von einer cartesischen oder – noch schlimmer, nicht wahr? – einer hegelianischen Warte aus.«

»O nein.« Warum mußte das ausgerechnet mir passieren? Ein wandelndes Zitat.

»Ich ertrage Hegel einfach nicht«, sagte er zähneknirschend. Ein mörderisches Funkeln lag in seinen Augen. Im Dunkeln bemerkte ich, daß er eine beunruhigende Ähnlichkeit mit Bela Lugosi hatte. »Hegel steht am Anfang aller Übel unseres Jahrhunderts. Alle Diktaturen sind Töchter von Hegel. Man sollte ein für allemal das Studium seiner Werke verbieten, Scheiterhaufen errichten und jedes einzelne Exemplar seiner protonazikommunistischen Texte verbrennen.«

An diesem Punkt grunzte mein Magen ohne jede Rücksicht. Aber eine Stimme unterbrach ihn.

»Alessandro! Hier steckst du also!«

Beide drehten wir uns zum Flur um. In der Tür war ein Mädchen erschienen. Im Gegenlicht konnte ich ihre Gesichtszüge nicht erkennen.

»Christina! Ich komme gleich!« rief Bela Lugosi. Dann lächelte er mich an. »Die Frauen. Du wirst sie einfach nicht los. Wir sehen uns dann in Ethik. Ciao.«

Ich wartete, bis sie weg waren, bevor ich unter der

Bank nach dem Sandwich suchte. Mit ziemlicher Sicherheit war es jetzt voller Staub, aber in der Dunkelheit war das nicht zu sehen.

11.

Ich persönlich hatte nie Probleme gehabt, mir die Frauen vom Leibe zu halten. Genaugenommen waren sie mir erst gar nicht zu Leibe gerückt. An der Uni wurde mir klar, daß ich von der allgemeinen Schürzenjagd ausgeschlossen war, die jedesmal zu Semesterbeginn abgehalten wurde. Die Mädchen wollten richtige Männer, braungebrannt und selbstsicher. Leute mit dem richtigen Auto und Markenklamotten. Oder – das aber viel seltener – sie suchten engagierte, betroffene, politisierte Typen mit klaren Ideen und dieser besonderen Aura Marke *Revolucionario*. Ich gehörte keinem der beiden Teams an. Ich ging in keine autonomen Kulturzentren. Ich konnte nicht tanzen. Ich kannte die Schlüsselwörter nicht. Ich konnte nicht einfach zu einer sagen: Hey, Schönheit, warum fahren wir heute abend nicht mit meinem Feroza in irgendein tolles Lokal? Ich verkehrte in keinem In-Lokal und besaß noch nicht mal ein Moped. Darüber hinaus machten Frauen mich nervös. Ich hatte noch nie gevögelt, und ich war mir nicht sicher, wie man sich im Bett zu verhalten hatte. Was war im Fall einer ENTJUNGFERUNG zu tun? Wo genau befand sich das HYMEN? Welches waren die wichtigsten Eigenschaften der KLITORIS? Und was, wenn ich zu den Leuten mit EJACULATIO PRAECOX gehörte?

Zeitungen und Zeitschriften veröffentlichten regelmäßig Umfragen, aus denen hervorging, daß die Jungs und Mädels meiner Generation schon in jüngsten Jahren munter drauflos vögelten. Die Mehrheit der Interviewten beschäftigte sich ab sechzehn ausgiebig mit Oralsex. Mit siebzehn hatten sie dann den ersten richtigen Geschlechtsakt. Mit achtzehn waren viele bereits vom Fleisch angeödet und gingen zu Koks über. Ich war mit einundzwanzig noch immer Jungfrau.

12.

Dafür hatte ich immer Schwule angezogen. Und zwar massenweise. Eines Morgens besuchte ich eine Ästhetik-Vorlesung, als ich bemerkte, daß mich zwei blaue Strahler aus einer Bank rechts von mir anstarrten. Sie gehörten zu einem Typen. Während ich dem Dozenten zuhörte, der eine Frage zum Begriff der Sünde beantwortete, spürte ich, wie diese Augen mich durchbohrten. Ich versuchte, mir nichts anmerken zu lassen. Womöglich visierte er ja eine Frau hinter mir an. Ich drehte mich um. Null Frauen hinter mir. Okay, dachte ich, tun wir so, als ob nichts wäre. Aber es gelang mir nicht. Ab und zu überprüfte ich, ob die blauen Punktstrahler noch da waren, und ohne Ausnahme waren sie jedesmal noch da. Dann war die Vorlesung zu Ende. Ich sammelte meine Bücher ein. Aus den Augenwinkeln sah ich, daß der Typ verschwunden war. Gott sei Dank. Ich rannte die Stufen hinunter und verließ den Raum.

»Entschuldige!« rief eine tuntige Stimme hinter mir. »Kann ich dich einen Moment sprechen?«

Er war's. Er war vor mir auf dem Gang gewesen. Braungebrannt. Parfümiert. Tiefschwarze Haare. Ein hübscher Junge.

»Mich sprechen?« erwiderte ich. Ich war verwirrt.

»Ja, wegen der Mitschrift. Ich wollte dich fragen, ob du

mir nicht die von den letzten Stunden geben könntest, ich bin nämlich nicht dagewesen.«

»Hm, ich mache mir normalerweise nicht viel Notizen.«

»Ach nein? Du Schlingel. Apropos, ich bin Andrea.« Er streckte mir die Hand hin.

»Walter, freut mich.« Ich schüttelte seine Hand. Ich war völlig verschwitzt.

»Ist mir ein außerordentliches Vergnügen«, flötete er, wobei er das Wort VERGNÜGEN betonte.

»Du, entschuldige, aber ich muß jetzt wirklich los.«

»Ach, schon? Sollen wir nicht noch etwas in der Bar trinken?«

»Nein, danke. Ich bin mit meiner Freundin verabredet.«

»Hach, schon bedient«, schnaubte er und durchbohrte mich dabei mit den Augen.

13.

Rom rührte sich immer noch nicht. Wenn ich abends von der Uni nach Hause kam, sah ich schon am Blick meiner Mutter, daß kein Brief auf mich wartete. Dafür wartete jedesmal mein Vater auf mich.

»Darf man vielleicht erfahren, wann du dich endlich bequemst, zum Militär zu gehen?« legte er bei Tisch los, während TeleMike in voller Lautstärke seinen Schwachsinn aus dem Bildschirm herausschrie.

»Das hängt doch nicht von mir ab. Ich warte auf die Benachrichtigung.«

»Eigentlich müßtest du jetzt schon wieder entlassen worden sein, stimmt's nicht, Frau?«

Meine Mutter machte den Salat an.

»Wenn du auf mich gehört hättest, hättest du schon längst mit deiner Karriere anfangen können.«

»Sonst noch was?«

»Und außerdem mußt du endlich kapieren, daß im Leben nur das Geld zählt. Geld, Geld, Geld. Krieg das endlich in deinen Schädel. Es gibt Leute, die haben mit einer kleinen Autowerkstatt angefangen, und heute gehört ihnen halb Italien, merk dir das.«

Immer dieselbe Litanei. Ich mußte an Schlagzeilen aus der letzten Zeit denken:

VERONA: JUNGE AUS GUTEM HAUSE
ERSCHLÄGT VATER MIT DEM HAMMER ...
ER WOLLTE AN DAS ERBE ...

In meinem Fall konnte von einer Erbschaft zwar keine Rede sein, aber wenigstens hätte ich in Ruhe essen können.

»In deinem Alter muß man die anderen über den Tisch ziehen, anstatt seine Zeit mit Büchern zu verplempern.«

Meine Mutter spülte das Geschirr ab.

»Wissen Sie eigentlich, daß Sie wirklich unverschämt viel Glück haben?« fragte TeleMike den Schwachkopf, der gerade an der Reihe war.

14.

Zum Glück gab es Carlotta, meine Tante. Der einzige Mensch, mit dem ich reden konnte. Bei ihr hatte ich die langen Sommer meiner Kindheit verbracht. Sie wohnte auf dem Land, im Haus meiner Großeltern. Ihre Fröhlichkeit, die Geschichten, die sie mir erzählte, die weißgestrichenen Zimmer waren mein Refugium geworden, weit weg von der ständigen Nörgelei meines Vaters. Eines Abends rief ich sie an.

»Das ist aber schön, daß du dich meldest«, sagte sie. »Wo brennt's denn?«

»Überall ... Mich kotzt alles an.«

»Jetzt übertreibst du aber, hm? Wie kannst du das mit deinen zwanzig Jahren sagen?«

»Ich fühle mich total fehl am Platz.«

»In deinem Alter sind solche Gefühle normal.«

»Ich weiß nicht, wer ich bin. Ich weiß nicht, was in einem Monat sein wird. Die Mädchen beachten mich nicht. Und mein Vater ist ständig am Rummosern.«

»Vergiß es. Laß dich nicht unterkriegen. Du bist jung, sensibel, intelligent. Ich vertraue dir.«

»Im Ernst?«

»Aber sicher.«

Ich persönlich hatte kein Fitzelchen Vertrauen zu mir selber. Es tat gut zu hören, daß ein anderer welches zu mir hatte.

15.

An einem Winternachmittag, als ich aus einer Vorlesung kam, traf ich Enza. Wir hatten uns seit der Schule nicht mehr gesehen. Sie hatte jetzt abstehende apfelgrüne Haare. Zum Abitur hatte sie sie karminrot gefärbt oder marineblau, ich erinnerte mich nicht mehr genau. Aber apfelgrün stand ihr besser. In der Dunkelheit phosphoreszierten sie fast.

»Ciao, Walter. Wie läuft's?«

»Ich komme gerade aus der Uni.«

»Was hast du denn da verloren?«

»Ich habe mich an der Uni eingeschrieben.«

»Du hast dich eingeschrieben?« Sie sah mich an wie einen Marsmenschen.

»Ja, seit einem Monat. Literaturwissenschaft und Philosophie.«

»Ach, du meine Scheiße! Deswegen hat man dich also nicht mehr gesehen.«

»Tja. Und du?«

Sie zeigte mir ihre Doc Marten's. Silberfarben.

»Gefallen sie dir? Hab ich gefärbt. Mit der Spraydose.«

»Stark.«

»So welche hat hier keiner. Und in London kriegst du sie nur bei Vivienne Westwood. Weiß ich aus der ›Face‹.«

»Du siehst aus wie ein Astronaut.«

»Sobald ich etwas Geld auftreibe, hol ich mir ein Paar Plateauschuhe. Echte Nuttentreter. In London ist das der Hit.«

»Und wo kriegt man so was?«

»Bei Balòn.«

Wir schwiegen eine Weile. Wir hatten Thema Nummer eins abgehakt, Kleidung und Accessoires. Bei meinen Altersgenossen war es immer gefährlich, das Thema Kleidung und Accessoires abzuhaken. Unvermeidlich folgte eine lange Pause.

Die Bar gegenüber der Uni barst vor zukünftigen Managern und ihren maledivenurlaubenden Frauen. Irgendwo auf der Welt wurden gerade ihre philippinischen Hausmädchen geboren.

»Gehst du in die Bar, was trinken?«

»Da rein? Nie und nimmer. Außerdem warte ich auf den Sudler.«

»Den Sudler?«

»Das ist ein Pusher. Er verkauft erstklassigen Shit. Manchmal schenkt er mir was. Wir hatten ein Date um sechs. Ich hoffe nur, daß er es nicht vergessen hat.«

»Was machst du heute abend?«

»Pff, weiß nicht. Wenn alles glattläuft, zieh ich mir einen Joint rein. Aber morgen abend, da ist Saisoneröffnung im Space-Lab. Warum kommst du nicht auch?«

»Zu teuer.«

»Ach was. Ich hinterleg dir eine Einladung an der Kasse. Kommst du?«

»Okay.«

Wir verabschiedeten uns. Im Weggehen kam mir ein Typ entgegen, den ich noch nie gesehen hatte. Während er an mir vorbeiging, lächelte er. Ich drehte mich um, er redete mit Enza. Dem Aussehen nach mußte es sich um den Sudler handeln.

16.

In Discos ging ich mehr oder weniger einmal pro Jahr, und jedesmal fragte ich mich, wie gelangweilt und leer ich eigentlich war, um wieder hinzugehen.

An dem Abend kam ich um halb zwölf beim Space-Lab an. Nicht die Spur einer Schlange vor der Tür. Ich wartete etwa vierzig Minuten. Niemand ließ sich blicken. Ich dachte schon, daß Enza sich geirrt haben mußte oder ich sie nicht richtig verstanden hatte. Um zwanzig nach zwölf war ich völlig durchgefroren und beschloß, am Eingang zu klingeln. Offensichtlich waren sie alle schon drinnen. Zwei Augen prüften mich durch das Guckloch. Die Tür ging auf. Eine Mauer aus Musik nagelte mich an der Schwelle des Lokals fest. Drei oder vier Bodybuilder in weißen T-Shirts mit schwarzer Aufschrift SECURITY glotzten mich an, als ob ich vom Mond käme. Ich war ziemlich verwirrt.

»Suchst du jemand?« fragte mich der Größte der

Gruppe, niedrige Stirn, Stiernacken, Kaimantattoo auf dem Unterarm.

»Für mich müßte eine Einladung zur Saisoneröffnung an der Kasse liegen.«

»Du willst ja wohl nicht um die Uhrzeit hier rein?«

»Wieso, bin ich zu spät?«

Die SECURITY-Replikanten bogen sich vor Lachen.

»O nein, zu spät bist du nun wirklich nicht.«

Sie ließen mich rein. Über die Treppe wummerte die Musik direkt in meinen Bauch.

»Ist Enza schon da?« fragte ich den tätowierten Stier.

»Nein, noch nicht«, sagte er, und alle lachten höhnisch. Vielleicht hatte mir ja eine Taube auf den Kopf gekackt. Ich kapierte einfach nicht, was hier falsch lief, und trotzdem: Irgend etwas lief falsch. Während ich die Treppe hinunterging, überprüfte ich mein Äußeres in den Wandspiegeln. Hm, Taubenscheiße war es wenigstens nicht. Dann gelangte ich auf die Tanzfläche. Sie war vollkommen leer. Der DJ blies in irrsinniger Lautstärke House-Musik in den Raum, aber der Raum war leer. Ich überlegte, den Barmann zu fragen. Er ordnete gerade Bierflaschen in die Kühlschränke unter der Theke ein.

»WIESO IST HIER DENN ÜBERHAUPT KEINER?« schrie ich ihm zu und zeigte in das verlassene Lokal.

»WAS SAGST DU?« schrie er.

»WIESO IST HIER DENN ÜBERHAUPT KEINER?«

»IST NOCH ZU FRÜH.«

Ich sah auf die Uhr. Es war schon weit nach halb.

»UND WANN KOMMEN DIE ANDEREN?« schrie ich.

»WEISS NICHT. GEGEN ZWEI. DIE ERSTEN KOMMEN NORMAL SO UM ZWEI. UND WAS MACHST DU HIER?«

»ICH DACHTE NICHT, DASS ES SO SPÄT ANFÄNGT.«

Er hielt einen Moment inne, um mich anzusehen. Dann räumte er weiter Bier ein.

»WIESO FÄNGT DAS DENN SO SPÄT AN?«

»DAS IST NORMAL. JE SPÄTER MAN KOMMT, DESTO COOLER. ZU FRÜH KOMMEN NUR DIE DEPPEN.«

Jetzt wußte ich, warum sie oben am Eingang alle gelacht hatten. Ich bekam Lust, hochzugehen und den Wichsern den Arsch aufzureißen. Ich sah schon die Schlagzeilen im Lokalteil der Morgenzeitungen:

KRIEGSDIENSTVERWEIGERER (65 KG)
WEGEN VERSUCHTER KÖRPERVERLETZUNG
GEGEN FÜNF BODYBUILDER (à 100 KG)
FESTGENOMMEN.

Ich vergaß es und bestellte ein Bier.

»DIE BAR MACHT ERST IN ANDERTHALB STUNDEN AUF«, schrie mir der Barmann zu.

Also setzte ich mich auf eines der Podeste in dem leeren, grauen und kahlen Lokal.

17.

Das Motto des Abends lautete SEXUAL PERVERSION FROM A PLANET OF ALLUPATION. Betäubt von der Musik und der Müdigkeit, sah ich gegen zwei die ersten Nachtschwärmer auftauchen. Die Mädchen hatten sich wie Sadomaso-Weihnachtsbäume ausstaffiert. Die Jungs – die in der Mehrheit waren – sahen aus wie Karikaturen transsexueller Transvestiten. Die Musik war immer lauter geworden. Von der Milz bis zum Hirn vibrierten meine sämtlichen inneren Organe. Als sich das Lokal gegen halb drei gefüllt hatte, fing jemand an zu tanzen. Sofort stürmten alle auf die Tanzfläche. Zwei Typen fingen genau vor mir an rumzuzappeln. Der eine trug ein Kettenhemd, das durch eine Boa aus phosphoreszierenden Straußenfedern um den Hals, fuchsienfarbenem Lippenstift und Minirock ergänzt wurde. Der andere war oben herum nackt, er trug superenge schwarze Lederhosen und gut zehn Zentimeter hohe Plateauschuhe mit Leopardenmuster. Beim Tanzen mimte er mit einer Colaflasche einen Blow-Job. Tagsüber arbeitete er wahrscheinlich bei einer Versicherung oder einer Bank.

»LASST EUCH GEHEN, LEUTE! GEBT'S EUCH, ABER HEFTIG!« übertönte der DJ mit seinem Mikro die Musik. Die Menge antwortete gröhlend. Das Licht änderte ständig Farbe und Intensität. Keiner unterhielt sich. Wer nicht tanzte, schaute den Leuten auf der Tanzfläche zu und stampfte den Rhythmus mit den Füßen mit.

Gegen drei machte ich einen Rundgang durchs Lokal und traf Enza und Ciccio. Ciccio war ihr Freund und arbeitete als Motorradkurier für eine Speditionsfirma. Der Sudler stand auch dabei.

»CIAO WALTER! HAST DU SPASS?« schrie Enza mir zu.

»WAHNSINNIG. UND IHR?«

»TOTAL. HAB ICH DIR SCHON MEINE SILBERNEN DOC MARTEN'S GEZEIGT?«

»JA. SEHEN SUPER AUS.«

»SO WELCHE HAT KEINER HIER. IN LONDON WERDEN SIE VON VIVIENNE WESTWOOD GEMACHT.«

»KLASSE.«

Zehn Minuten lang sagte keiner etwas. Wir sahen den anderen beim Tanzen zu. Enza und Ciccio schwankten. Der Sudler hatte sich eine Zigarette angesteckt. Dann packte Ciccio mich am Arm.

»HE WALTER, DAS IST ÜBRIGENS DER SUDLER. DAS HIER IST WALTER.« Der Sudler streckte mir die Hand hin und lächelte.

»WIR KENNEN UNS BEREITS«, schrie ich, ohne sie zu schütteln. Er stellte das Lächeln ein.

»WIR GEHEN ZUM SUDLER NACH HAUS. KOMMST DU MIT?« fragte Enza mich. Sie hatte Mühe, sich auf den Beinen zu halten.

»NEIN, DANKE. ICH BLEIB LIEBER HIER.«

Wir gingen auseinander, ohne uns zu verabschieden. Enza mußte sich an Ciccio festhalten, um die Treppe hochzukommen. Ich ging zur Tanzfläche zurück. Der DJ hatte gewechselt, doch die Musik war die gleiche geblieben und lief monoton und ohrenbetäubend immer weiter. Keiner unterhielt sich. Mit vierzehn hatte ich mir immer das glitzernde Leben in den Nachtlokalen vorgestellt, die aufregenden Begegnungen, die geheimnisvollen, sinnlichen Frauen. Jetzt wirkte das Ganze auf mich nur noch leer, grau und kahl. Auf einmal merkte ich, daß ein paar Meter weiter an einer Säule der Bänker in Kettenhemd und Minirock lehnte und mich anlächelte. Ich gab's auf und ging.

18.

»Kennst du Ricoeur?«

»Hmmm ... Nein, nicht wirklich.«

»Hast du nie seine Studie über Jaspers gelesen?«

»Nein, ich glaube, ich erinnere mich nicht daran ...«

»Und seine Einleitung zu Husserls ›Ideen‹?«

Ich saß zusammen mit Castracan in der Bar gegenüber der Uni und versuchte, meine Unwissenheit irgendwie zu verbergen. Vergeblich.

»Nein, die habe ich auch nicht gelesen.«

»Auf alle Fälle ist sein interessantestes Werk ›Hermeneutik und Strukturalismus‹. Das wirst du ja wohl kennen, oder?«

»Na ja, ich hab mal einen Blick hineingeworfen ... Wie ist es eigentlich bei dir mit dem Militär gelaufen?«

Castracan hielt einen Moment lang wie gelähmt inne; zweifellos erschütterte ihn die Tiefe meines Einwurfs.

»Wie meinst du das: Wie es bei mir mit dem Militär gelaufen ist?«

»Ich meine, hast du's schon hinter dir oder mußt du noch hin?«

»Zur Zeit bin ich zurückgestellt. Warum fragst du mich das?« Vielleicht hatte ich's ja geschafft, seine Gedanken vom ›Wörterbuch der Philosophie‹ von Nicola Abbagnano, erschienen bei UTET, vier Bände mit Schwarzweißabbildungen, x-te Auflage, abzulenken.

»Ich will Zivildienst machen, aber ich habe noch keine Antwort vom Ministerium.«

»Zivildienst? Interessant. Nachdem ich Bonhoeffer gelesen habe, scheint mir diese Entscheidung nach heutiger Lage der Dinge ein Muß. Kennst du ›Akt und Sein‹?«

Nichts zu machen.

»In groben Zügen. Ich mach mir vor allem Sorgen. Ich möchte nicht, daß mein Antrag abgelehnt wird.«

»Natürlich müßte dein Wille respektiert werden. Indem du dich dafür entscheidest, Zivildienst zu leisten, konstituierst du dich als moralisches und rationales Subjekt. Kierkegaard ist, was diese Sache angeht, eindeutig. In ›Entweder – Oder‹ ...«

Ich hörte ihm nicht mehr zu. Vielleicht war es keine gute Idee gewesen, mich an der Universität einzuschreiben. Wenn ich nicht einmal eine Unterhaltung mit Castracan bestand, wie sollte ich dann durch die Prüfungen kommen? Einfach nur lernen würde kaum reichen. Ich fragte mich, wie Castracan es geschafft hatte. Das wandelnde Zitat. Wo hatte er die Zeit hergenommen, die ganzen Daten zu speichern? Er mußte doch auch schlafen, essen, kacken, Zähne, Ohren und Nabel putzen, Fußnägelschneiden.

»... von einem ethischen Standpunkt aus fühle ich mich jedenfalls den Positionen von Adorno und Horkheimer sehr nah ...«

Am Tisch hinter uns saßen vier zukünftige Anwälte, Unternehmer, Finanzberater oder was auch immer, Verbrecher jedenfalls. Sie redeten über Yachten. Jeder behauptete, seine wäre länger als die der anderen. Sehr freudianisch, aber Castracan ließ mich ja nicht zu Wort kommen.

Vor unserem Tisch saßen vier zukünftige Gemahlinnen oben genannter Diebe und Räuber. Sie redeten natürlich über Klamotten. Sie wettereiferten darin, wer den vollsten Kleiderschrank hatte.

Ich wußte nicht, worüber ich reden sollte.

19.

Zu Hause zu bleiben war praktisch unmöglich geworden.

»Wo ist dein Sohn?« schrie es von draußen, während ich mich in meinem Zimmer auf Nietzsches ›Geburt der Tragödie‹ zu konzentrieren versuchte. Meine Mutter bügelte in der Küche und gab keine Antwort.

»Er sollte sich eine Arbeit suchen, statt diesen Schwachsinn zu lesen. Lesen ist zu nichts im Leben gut.«

Mein Vater hegte seit jeher wenige, dafür aber klare Vorstellungen über das Leben.

»Bücher sind Dreck. Nur Weiterkommen im Beruf zählt.«

Sich bei dem Geschrei konzentrieren zu wollen, war ein hoffnungsloses Unterfangen.

VERONA: JUNGE AUS GUTEM HAUSE
ERSCHLÄGT VATER MIT DEM HAMMER ...
ER WOLLTE AN DAS ERBE ...

»Ich wette, daß er auf dieser Scheiß-Universität keine einzige Prüfung machen wird. Wirst schon sehen, daß ich recht behalte.«

Ich nahm Großvaters Gewehr, ich wußte, wo es stand. Dort fand ich auch die Schrotpatronen. Es war ein fünfschüssiges automatisches Jagdgewehr. Ich lud. Durchquerte den Flur. Vor der Küchentür zögerte ich einen Augenblick. Mein Vater brüllte immer noch. Seine Stimme übertönte den Lärm aus dem Fernseher. Es lief gerade die allmittägliche Gameshow mit TeleMike.

»Er ist ein Nichtsnutz, ein Versager, ein Hohlkopf!«

VERONA: JUNGE AUS GUTEM HAUSE ...

Ich entsicherte. Legte den Finger an den Abzug. Öffnete die Tür. Er und meine Mutter sahen mich überrascht an.

»Was für einen Unfug hast du mit dem Gewehr da vor, du Stück ...«, begann der Alte.

Ich schoß. Eins. Zwei. Drei. Vier. Fünf Schüsse ...

»Wirst schon sehen, daß ich recht habe. Er wird nicht eine Prüfung machen.«

Ich beschloß, im Café Fiorio weiterzulernen.

20.

Das Café Fiorio befand sich in der Via Po. In der Schulzeit war ich jeden Nachmittag mit Enza und Ciccio zum Eisessen hergekommen. Irgendwann hatten wir uns dann mit den Kellnern und der Besitzerin angefreundet. Für sie waren wir nur die mit den komischen Haaren: Enza neonfarben, Ciccio mit Irokesenschnitt und ich mit Glatze. Wir durften sogar an den Tischen sitzen, ohne daß wir etwas konsumierten. Oder sie gaben uns Rabatt, und unsere Eistüten waren immer größer als die der anderen. Also begann ich, im Fiorio zu lernen. In den hinteren Räumen ließ es sich bestens lernen. Die Umgebung war ruhig, entspannt. Ich konnte stundenlang bleiben, ohne daß jemand meckerte, selbst wenn ich nur einen Kaffee oder ein Glas Wasser bestellt hatte. Weiße Stuckdecken, Parkettböden, samtbezogene Stühle ... Es war das schönste Haus, in dem ich je gewohnt hatte. Um zu sparen, hatte ich die Bücher für die Prüfung in Philosophiegeschichte aus der Nationalbibliothek ausgeliehen und fotokopiert. Es handelte sich um alte Ausgaben, die vom vielen Benutzen abgegriffen waren. Beim Lernen fragte ich mich, wessen Augen diese von der Zeit vergilbten Seiten wohl schon gelesen hatten. Ich hatte mir in den Kopf gesetzt, daß so alte Bände mir Glück bringen würden.

Am Morgen der Prüfung kam ich völlig fertig in die Uni. Die letzte Woche hatte ich vor lauter Lernen praktisch nicht geschlafen. Ich hatte mich mehr als drei Monate lang vorbereitet. Als ich vor der Prüfungskommission stand, stellte ich fest, daß ich der einzige Prüfling in Jeans und Turnschuhen war. Die anderen Poetenphilosophen hatten große Sorgfalt darauf verwandt, sich herauszuputzen. Die Jungs trugen Sakko und Krawatte, während die Mädchen zur Feier des Anlasses mit superkurzen Miniröcken glänzten. Ich selbst besaß überhaupt weder Sakko noch Krawatte. Und meine Beine wären auf alle Fälle viel zu behaart gewesen.

Ich lernte bis zum allerletzten Moment, dann war ich an der Reihe. Ich setzte mich hin und legte mein Studienbuch auf den Tisch. Der Assistent des Professors warf einen Blick hinein.

»Sie haben Fachabitur auf einer Bauzeichnerschule gemacht?« fragte er mich und sah mir dabei in die Augen.

»Ja.«

Er setzte ein seltsames Lächeln auf.

»Na, dann wollen wir doch mal sehen, was man auf der Baustelle so über die Geschichte der Philosophie lernt«, sagte er.

Da lächelte auch der Professor. Ich nicht.

»Erzählen Sie mir etwas über Paragraph fünf der zweiten Auflage von Kants ›Transzendentaler Ästhetik‹ bezüglich der transzendentalen Erörterung des Zeitbegriffs.«

Ich erstarrte. Wovon redete der denn? Welcher Paragraph fünf? Es gab keinen Paragraph fünf bezüglich der transzendentalen Erörterung des Zeitbegriffs in dem Buch, mit dem ich gelernt hatte.

»Also? Was können Sie mir erzählen?«

»Tja, um die Wahrheit zu sagen, damit habe ich mich nicht beschäftigen können.«

»Wie bitte?«

Die Poetenphilosophen hielten den Atem an.

»Es gab keinen Paragraph fünf über die transzendentale Erörterung des Zeitbegriffs in dem Text, der im Prüfungsverzeichnis angegeben war«, sagte ich.

Der Professor griff nach der ›Kritik der reinen Vernunft‹, die ich auf den Tisch gelegt hatte, und betrachtete sie.

»Wo haben Sie diesen Band her?«

»Aus der Nationalbibliothek.«

»In dieser Ausgabe fehlt der Paragraph fünf. Kant hat ihn dem darauffolgenden Neudruck hinzugefügt. Ich wußte nicht, daß auch die erste Version übersetzt worden ist. Sie müssen die Prüfung wiederholen.«

Ich sagte nichts.

»Der Nächste bitte«, sagte der Assistent.

2. Kapitel

1.

Als ich schon jegliche Hoffnung aufgegeben hatte, eine wie auch immer geartete Antwort zu erhalten, kam ein Einschreiben aus Rom. Meinem Gesuch war stattgegeben worden. Ich konnte mich als Kriegsdienstverweigerer aus Gewissensgründen betrachten. Die Anfragen, Zivildienst bei den Zigeunern abzuleisten, mußten dermaßen selten sein, daß die im Ministerium meine Wahl lieber akzeptiert hatten: das CANE. Ich sollte mich in der Woche vor Ostern im städtischen Kriegsdienstverweigereramt melden. Phantastisch, dachte ich, endlich geht's los. Dann dämmerte mir, daß dies im Grunde der Anfang vom Ende für mich war. Nur noch wenige Tage, und die Epoche meiner Schulzeit wäre unwiederbringlich vorbei. Ich war deprimiert. Ich wurde alt.

Der Zivildienst war nichts anderes als das Loch, durch das ich geradewegs in der Jauchegrube landen würde, die man Arbeitswelt nannte. Früher oder später würde ich mich für ein Monatsgehalt verkaufen, das kaum zum Überleben und zur Abzahlung der Raten für Auto, Geschirrspülmaschine und Videorecorder reichte. Von wegen vom Automechaniker zum Börsenkrösus. Ein mörderischer Mechanismus würde mich zermalmen. Drei Wochen Ferien im Jahr. Acht Stunden Arbeit am Tag. Freies Wochenende, na klar – um fernzusehen oder zum Fußball zu gehen. Über meine Freizeit würde ich nicht mehr frei verfügen können, sondern jemand anderem darüber Rechenschaft ablegen müssen, und außerdem müßte ich das Wenige, das ich verdiente, für unnütze

Dinge ausgeben, die von Sklaven wie mir hergestellt wurden. Der Kreis wäre geschlossen. Bis ins Alter hinein würde ich arbeiten, und am Tag meiner Pensionierung würde ich feststellen, daß ich Krebs hatte. Ich war wirklich deprimiert.

Ich legte ›Problems‹ von den Sex Pistols auf und fiel in der Küche über das Nutellaglas her.

2.

Die Gemeindebüros waren voller Angestellter, die in die Zeitungslektüre vertieft waren. Alle lasen den Sportteil, ohne Ausnahme. Sie hatten einen starken Gemeinschaftssinn. Echte Missionare. Das Kriegsdienstverweigereramt lag am Ende einer grausamen Anzahl Treppen. Als ich mit ernsten Herz-Kreislauf-Beschwerden ankam, stieß ich auf eine Reihe junger Männer, die wie ich für diesen Morgen herbestellt worden waren. Alle trugen Bart und lange Haare. Ich hatte mir erst am Abend zuvor die Glatze frisch rasiert. Die Bürotür war geschlossen. Von der anderen Seite drang kein Laut hindurch.

Eine Stunde später warteten wir immer noch. Es war Viertel nach zehn, als ein Angestellter aus den Fluchten des Treppenhauses kam. Er war groß, braungebrannt, sehr elegant und sehr parfümiert. Langsam näherte er sich der Bürotür und öffnete sie mit eleganter Handbewegung. Dann drehte er sich zu uns um.

»Willkommen auf der Gemeinde, Burschen. Ich heiße Vanni und bin für euch zuständig. Wer ist der erste?«

Einer der Bärte hob die Hand.

»Gut. Du kannst schon mit reinkommen«, sagte Vanni.

Hinter ihnen schloß die Tür sich wieder. Das fängt ja gut an, dachte ich. O ja, das fängt ja wirklich gut an.

3.

Als ich Vanni endlich gegenübersaß, stellte ich fest, daß er in Denim gebadet haben mußte.

»Gut, du bist also Walter«, sagte er und fuhr sich dabei mit einer Hand durch die geltriefenden Haare.

»Korrekt, Walter«, sagte ich, während ich ein Detail erfaßte, das mir im ersten Moment völlig entgangen war. Vanni schielte. Sein rechtes Auge entglitt gänzlich seiner Kontrolle.

»Du möchtest also zu den Sinti und Roma und zu den Nicht-EU-Bürgern, das stimmt doch, oder?«

»Stimmt, zum CANE.« Ich versuchte, seinem Blick zu begegnen. Unmöglich. Ich fand einfach nicht heraus, mit welchem Auge er mich ansah.

»Weißt du, wo sich das Referat befindet?«

»Nein.«

»Hier hast du die Adresse. Ich habe sie bereits über dein Kommen unterrichtet, sie erwarten dich.«

»Phantastisch«, lächelte ich. Auch er lächelte mich an, während er mit beiden Händen nach meiner Rechten griff und einen Zettel hineinlegte.

»Da hast du meine Telefonnummer. Wenn ein Problem auftaucht, ruf mich an.«

Ich las den Zettel. Es standen zwei Nummern darauf.

»Die zweite ist meine Privatnummer«, fügte er hinzu. Er versuchte, mir einen vielsagenden Blick zuzuwerfen, traf allerdings nur die Lampe. »Sobald ein Problem auftaucht«, unterstrich er, »ruf mich an.«

4.

Der Chef des CANE war ein Typ namens Lupo. Als ich das Referat betrat, bemerkte ich, daß er überall seinen Namen draufgeschrieben hatte: auf seinen Schreibtisch, auf seinen Stuhl, auf seine Kugelschreiber, auf seine Radiergummis, auf sein Lineal … Lupo war ausgesprochen mager, dafür stellte er einen dichten langen Vollbart zur Schau, den er ständig in den Mund steckte. Offenbar liebte er es, vor Publikum in der Nase zu popeln. Nachdem er Kügelchen aus ihnen geformt hatte, klebte er sich die Popel hinter den Bart. Er bot mir einen Stuhl an. In fünf Minuten versuchte er mir alles zu erklären. Bis jetzt hatten sie zu zweit im Büro gearbeitet, er und ein anderer Zivi. Der Zivi beschäftigte sich mit den Sinti und Roma, Lupo mit den Nicht-EU-Bürgern. Daneben gab es einen Amtsdiener, dessen Aufgabe außer im Lösen von Kreuzworträtseln darin bestand, die Räumlichkeiten sauberzuhalten und die Blumen zu gießen. Das größte Problem mit den Nicht-EU-Bürgern war, einen Schlafplatz für die Hunderte von Fremden zu finden, die auf der Straße lebten und gezwungen waren, die Nacht auf Bahnhöfen oder unter Brücken zu verbringen. Die Mehrzahl von ihnen lebte vom Verkauf von Feuerzeugen und konnte sich unmöglich eine Pension leisten. Vor nicht allzulanger Zeit waren es noch wir gewesen, die die Jungs mit Hilfe von Peitschen, Ketten und Kanonen aus ihren Ländern geholt hatten. Jetzt kamen sie freiwillig zu uns und brachten mit, was wir ihnen übriggelassen hatten: Teppiche, Lederketten und Elefantenfigürchen. Die Leute fühlten sich auf der Straße belästigt. Sie wollten Ordnung. Sauberkeit. Das CANE unterhielt einige Schlafsäle, wo man schichtweise alle unterzubringen versuchte, jeweils etwa eine Woche pro Monat. Das dringlichste Problem bei den Zigeunern war die Schulbildung der Kinder. Nur wenn man sie in die zuständige Schule schickte, konnte man vermeiden, daß ihre Eltern sie zum Stehlen zwangen. Zusammen mit dem anderen Zivi sollte ich mich um die Lehrerinnen kümmern.

»Natürlich«, sagte Lupo zu mir, »wirst du am Anfang hier bei uns erst mal eingearbeitet. Du mußt noch nicht richtig ran. Du sollst nur hinschauen und lernen.«

Für den Anfang trug er mir auf, dreihundert Fotokopien zu machen.

5.

Der andere Zivi hieß Pasquale. Sein Gesichtsausdruck war ernst und betroffen. Er trug Vollbart und lange Haare. In den ersten Tagen redeten wir nicht viel miteinander. Offensichtlich war Lupo mit den Fotokopien im Rückstand. Ich kam einfach nicht vom Kopierer weg. Zwischen zwei Kopien sah ich Pasquale häufig Zeitung lesen. Gewöhnlich kam er mit drei Zeitungen ins Büro: ›Tuttosport‹, ›La Gazzetta dello Sport‹ und ›Il Corriere dello Sport‹. Er wollte sich auf dem laufenden halten.

»Wie heißt dein Verein?« fragte er mich eines Tages.

»Eigentlich interessiere ich mich nicht besonders für Fußball. Aber Hamburg finde ich ganz gut.«

»Hamburg? Wieso das denn?«

»Weil sie Juve mal in einem Europapokalendspiel geschlagen haben. In der Schule haben wir uns totgelacht.«

»Auf welcher Schule bist du gewesen?«

»Fachoberschule. Jetzt gehe ich zur Uni.«

»Ich auch.«

»Ach ja? Und welche Fakultät?«

»Architektur.«

»Hast du schon Prüfungen gemacht?«

»Zehn.«

Er hatte mich überrundet. »Gratuliere«, sagte ich.

»Aber ich bin schon eine ganze Weile eingeschrieben.«

»Und wie lange?«

»Zehn Jahre.«

Pasquale war ein bißchen älter als ich. Das tröstete mich. Im Verlauf unserer Plaudereien fand ich heraus, daß er mit Saskia, einer Deutschen, verheiratet war. Seit ihrer Verlobung hatte sie ihm das Studium finanziert. Dank seiner Frau hatte Pasquale noch nie gearbeitet. Ziemlich clever. Mit neunundzwanzig war dies sein erster Job. Wir begannen, zusammen in die Mensa zu gehen. Nach dem Essen bestand er darauf, daß wir in eine Spielhalle in der Via Garibaldi gingen, die er kannte. Pasquale war von Videospielen besessen. Gegen fünf, wenn wir Feierabend hatten, rief er oft seine Frau an:

»Ciao, Saskia, ich bin's. Sag nichts, ich bin völlig geschafft. Ich hab den ganzen Tag wie ein Bimbo geschuftet.« (Wenn's hochkam, hatte er Zeitung gelesen und dann eine Partie Karten mit dem Amtsdiener gespielt.) »Hör mal, ich wollte dir nur sagen, daß es bei mir heute später wird, ich weiß nicht, wann ich mich bei dem ganzen Durcheinander hier loseisen kann. Ist gut. Ciao. Natürlich liebe ich dich. Ist gut. Ciao.«

Dann polterten wir die Treppe hinunter und gingen in der Via Garibaldi Space Invaders spielen. Auf dem Weg erzählte mir Pasquale, daß ihn existentielle Probleme bedrückten.

»Weißt du, ich fühle mich ein bißchen schuldig.«

»Wegen deiner Frau?«

»Quatsch. Seit zwei Wochen komme ich nicht mehr über vierzigtausend Punkte.«

6.

Nach Ostern wurde neben dem Fotokopieren der Telefondienst unsere Hauptbeschäftigung. Wir bekamen eine Menge Anrufe. Zum größten Teil kamen sie aus den Schulen, in denen wir die Sinti- und Romakinder untergebracht hatten. Die Lagerplätze der Stadt standen nur den Zigeunern offen, die ihre Kinder zur Schule schickten. Das Problem war, daß die Schulen die Zigeunerkinder nicht wollten, die Zigeunerkinder nicht zur Schule gehen wollten, die Eltern der italienischen Kinder nicht wollten, daß ihre Kinder in dieselbe Schule gingen wie die Zigeunerkinder, und daß die Zigeunereltern ihre Kinder lieber zum Klauen schickten als in die Schule. An manchen Vormittagen schafften wir es vor lauter Anrufen nicht mal, pinkeln zu gehen. Der härteste und stressigste Aspekt an der Sache waren natürlich die Lehrerinnen.

»Hallo, spreche ich mit dem CANE?«

»Was kann ich für Sie tun, Signora?« bellten wir fast zurück.

»Hören Sie, ich bin die Lehrerin Abbruzzese und für die Sinti und Roma zuständig.«

»Ja, Signora, wir kennen uns bereits.« Es konnte durchaus schon ihr siebter Anruf in dieser Woche sein.

»Die Kinder sind heute völlig verdreckt zum Unterricht erschienen.«

»Die Kinder erscheinen immer und überall verdreckt, Signora.«

»Ja, aber heute hatten sie auch Warzen.«

»Ja, und?«

»Wir wollen keine Kinder mit Warzen in der Klasse. Das heißt, die Mütter der anderen Kinder beschweren sich, weil sie nicht wollen, daß die Zigeuner ihre Kinder anstecken.«

»Ich verstehe, Signora. Der Schularzt kommt nächste Woche und sieht sich die Warzen an. Sagen Sie den Müttern, sie sollen sich noch ein paar Tage gedulden.«

»Und wenn ich jetzt Warzen kriege? Ich habe keineswegs die Absicht, mich diesem Risiko auszusetzen.«

Aber da waren ja nicht nur die Warzen.

»Hallo, spreche ich mit dem CANE?«

»Ja, Signora. Was gibt's?«

»Ich bin die Lehrerin Pugliese. Ich möchte mit dem Dienststellenleiter sprechen.«

Als alter Fuchs hatte Lupo uns angewiesen, die Anrufe sorgfältig zu filtern. Vor allem dann, wenn Schulen dran waren ...

»Er ist momentan nicht im Büro, Signora. Sagen Sie mir, was los ist, ich lege ihm dann eine Nachricht auf den Schreibtisch.«

»Heute sind die Sinti- und Romakinder ohne Pausenbrot in die Schule gekommen.«

»Aha. Und weiter?«

»Die anderen Kinder beschweren sich, weil sie Angst haben, daß die Sinti und Roma ihnen die Pausenbrote wegnehmen.«

»Verstehe. Und was sollen wir tun, Signora?«

»Ich finde, Sie sollten den Kindern Pausenbrote kaufen, bevor Sie sie in die Schule schicken.«

»Aber wir sind doch nicht die Mama von all den Kindern.«

»Und wie soll ich mich jetzt verhalten?«

Sie könnte sich zum Beispiel eine Kugel durch den Kopf jagen. Aber Lehrerinnen brachten sich nie um. Im Gegenteil. Sie gaben stetige, beunruhigende Lebenszeichen von sich.

»Hallo, spreche ich mit dem CANE?« Es war die Abbruzzese, die Schlampe.

»Was gibt's, Signora?«

»Hören Sie, ich mußte mir ein Paar Handschuhe kaufen, um die Hefte der Sinti- und Romakinder zu korrigieren.«

»Ein Paar Handschuhe?«

»Gewiß. Ich will ja schließlich keine Warzen kriegen, nicht?«

»Und weiter?«

»Das hat mich fünftausend Lire gekostet. Das Schulamt sagt, es kann mir die Ausgaben nicht erstatten. Also kam mir die Idee, daß ihr mir das Geld ja wiedergeben könntet.«

Sie waren verrückt.

7.

Jeden Vormittag dieselbe Leier. Wir kamen ins Büro, und los ging's mit den Anrufen.

»Hallo, ich möchte das CANE sprechen.«

»Was gibt's, Signora?« antwortete ich, während sich mein Magen um das Frühstück zusammenballte.

»Ich bin die Lehrerin Calabrese.«

»Ja, Signora.«

»Heute sind die Sinti- und Romakinder zu spät zur Schule gekommen.«

»Verstehe.«

»Die Sinti- und Romakinder dürfen aber nicht zu spät zur Schule kommen.«

»Kommen denn die anderen Kinder nie zu spät?«

»Doch, aber die anderen Kinder sind keine Zigeuner!«

»Und was hat das damit zu tun?«

»Ihr müßt euch darum kümmern, daß sie morgens rechtzeitig aufstehen.«

Ich konnte es nicht glauben.

»Wie bitte?«

»Ihr müßt sie wecken.«

»Signora, wir sind eine öffentliche Dienststelle und nicht Mutter Teresa aus Kalkutta.«

»Ich werde Sie vom Direktor anrufen lassen. Dann werden wir ja sehen, wer recht hat.«

Zu allem Unglück handelte es sich auch noch um Ganztagsschulen. Und deshalb ging es den ganzen Tag so weiter.

8.

Schließlich begriff ich, warum Lupo auf alles, was ihm gehörte, seinen Namen schrieb und von jedem Dokument mehrere Kopien verlangte. Er war ein Ordnungsfanatiker. Ein besessener Fanatiker.

Eines Nachmittags bemerkte ich nicht, daß das Papier im Fotokopierer alle war. Während ich wieder mal am Telefon mit einer dieser Lehrerinnen redete, sah ich, daß Lupo angerannt kam. Sein Gesicht war knallrot.

»DU HAST DEN FOTOKOPIERER ALS LETZTER BENUTZT!« schrie er mir ins Gesicht. Aus dem Hörer quäkte die Stimme der Lehrerin. Ich versuchte ihr gerade zu erklären, was man unter Homonymie verstand. Wir hatten nicht etwa denselben Schüler zweimal angemeldet: Es handelte sich tatsächlich um *zwei* Schüler, und die Tatsache, daß sie bei jedem Morgenappell einen Zigeuner mehr in der Klasse vorfand, hätte sie wenigstens stutzig machen müssen.

»Na, hören Sie mal, ich habe es wirklich nicht nötig, mich von Ihnen belehren zu lassen«, sagte mir gerade die zukünftige Nobelpreisträgerin.

»ICH MUSS AUSSERORDENTLICH WICHTIGE FO-

TOKOPIEN MACHEN, UND AUSGERECHNET JETZT IST DAS PAPIER ALLE!«

Ich versuchte Lupo klarzumachen, daß er im Grunde nichts weiter tun mußte, als unten im Schreibwarengeschäft einen neuen Packen kaufen. Die Lehrerin unterbrach mich wieder.

»Offensichtlich ist das Verzeichnis der Schüler nicht korrekt, und diese Bengel nutzen das aus, um mich in den Wahnsinn zu treiben!«

»WENN JEMAND DAS PAPIER AUFBRAUCHT, VERLANGE ICH, DASS MIR DIE SACHE UNVERZÜGLICH SCHRIFTLICH MITGETEILT WIRD!«

Er war knallrot. Ich drückte ihm den Hörer in die Hand und ging zum Schreibwarenladen an der Ecke neben der Bar. Ich kaufte das Papier und genehmigte mir ein Bier. Als ich zurückkam, redete Lupo noch immer mit der Lehrerin. Ich warf ihm den Packen auf den Tisch. Meine Karriere machte gigantische Fortschritte.

9.

Wenn ich um fünf aus dem Büro kam, konnte ich gegen sechs, halb sieben zu Hause sein. Im Bus wurde mir bewußt, daß die Werbung das Verhalten der Massen nicht immer radikal beeinflußte. Die Anwendung von Deodorants zum Beispiel ließ einiges zu wünschen übrig.

Mit angehaltenem Atem kam ich nach Hause. In meinem Hirn schrillten die Stimmen aller Lehrerinnen dieser Welt und das Klingeln des Telefons miteinander um die Wette. Vor dem Abendessen blieb gerade Zeit zu duschen. Dann bemächtigte sich mein Vater seiner höllischen Fernbedienung und schaltete eine Quizsendung ein. Er war ein Quiz-Monomane.

»Schau nur her, die Leute gewinnen Millionen und du verdienst noch nicht eine Lira«, ließ er mich wissen, während wir aßen.

»Mir wäre es peinlich, auf diese Weise mein Geld zu verdienen.«

»Aber deinen Eltern auf der Tasche zu liegen, das ist dir nicht peinlich, ja?«

»Seit ich Zivildienst mache, lebe ich von dreihunderttausend Lire im Monat. Ich habe euch nie um etwas gebeten.«

»Ach ja? Und was du alles ißt? Und das ganze Wasser, das du verbrauchst? Frag mal deine Mutter, was das kostet.«

Meine Mutter machte den Salat an.

Ich ließ das Essen stehen und ging in mein Zimmer. Das Gebrüll drang sogar durch die Wände. Ich legte ›Teenage Lobotomy‹ von den Ramones auf und versuchte zu lernen. Als mich am nächsten Morgen der Wecker hochriß, hatte ich immer noch meine Kleider an und hielt die Bücher in der Hand. Die Platte stand still und staubte auf dem Teller ein.

10.

Wenn ich ins Büro kam, telefonierte Pasquale bereits auf einer Leitung. Ich hatte nicht mal Zeit, mir die Jacke auszuziehen, als es auf der anderen klingelte.

»Hallo, spreche ich mit dem CANE?«

»Ja, Signora«, knurrte ich.

»Hören Sie, ich bin die Lehrerin Abbruzzese.« Sie lebte noch.

»Was kann ich für Sie tun, Signora?«

»Die Zigeunerkinder beten nicht am Anfang der Stunde.«

»Es sind Moslems, Signora.«
»Was sind sie?«
»Moslems. Das ist eine Religion.«
»Und warum beten sie dann nicht?«
»Weil das eine andere Religion ist, Signora.« Mein Magen begann weh zu tun.
»Wir alle sind Gottes Kinder. Sie müssen auch beten.«
»Und was sollen wir Ihrer Meinung nach tun?« Der Schlampe zum Beispiel den Hals umdrehen, als echte Pazifisten.
»Sie bekehren. Wenn sie zur Schule gehen wollen, müssen sie beten wie alle anderen. Bekehrt sie!«

11.

Der Wahlkampf ging los.
Eines Tages wollte Lupo von uns eine Aufstellung aller verfügbaren Daten, die die Einschulung der Zigeuner betrafen. Anzahl der Kinder, beteiligte Schulen, Anwesenheit, Stundenpläne, schulische Leistung, Impfungen, einfach alles. Pasquale und ich brauchten einen ganzen Nachmittag, um die Daten zusammenzustellen und abzutippen.
Eine Woche später erschien ein Artikel in der Zeitung. Unter dem Artikel zeigte ein Foto einen lächelnden Lupo am Telefon. Die Bildunterschrift lautete: DEM VERANTWORTLICHEN DES CANE IST ES DURCH SEINEN EINSATZ GELUNGEN, ÜBER EINHUNDERT SINTI- UND ROMAKINDER IN DEN STÄDTISCHEN SCHULEN UNTERZUBRINGEN UND SIE AUF DIESE WEISE VON BETTELEI UND KLEINKRIMINALITÄT FERNZUHALTEN. In diesem Ton fuhr der Artikel fort und erwähnte gegen Ende zufällig die Partei, auf deren

Listen Lupo als Kandidat auftauchte. Offensichtlich war der Journalist sein Freund. Die Nachrichtenmanipulation machte inzwischen auch nicht mehr vor Warzen halt.

12.

Der Wahltag rückte näher. Das CANE war einem Stadtrat unterstellt. Auch der Stadtrat benötigte Stimmen. Klar. Man sagte uns, wir müßten allen Zigeunern über fünfzehn Jahren eine Arbeit suchen. Dem Durchschnittswähler paßte es nämlich nicht, daß sich eine öffentliche Behörde um Leute kümmerte, die noch nie gearbeitet und keinen Pfennig Steuern gezahlt hatten. Die Leute wußten, daß die Zigeuner davon lebten, daß sie die Kinder zum Stehlen und die Frauen zum Handlesen oder Betteln auf die Straße schickten. Die Zigeunermänner waren allesamt fett und hatten zarte, schwielenlose Hände. Sie verbrachten ihre Zeit mit Scherzen, Trinken, Kartenspielen und Beutezählen. Fast wie ein Stadtrat.

13.

Wir bestellten ihren Chef ins Büro. Er hieß Carlo. Er sollte Montag morgen kommen. Er erschien am darauffolgenden Freitagnachmittag.

Als er unser Zimmer betrat, stand Pasquale von der Schreibmaschine auf, an der er gerade arbeitete, und riß das Fenster auf. Carlo war total blau. Er schwitzte Grappa in Form großer stinkender Tropfen aus. An seinen Fingern steckten riesige Ringe aus massivem Gold. Seine Zehen dagegen waren mit einer Kruste aus Dreck und Blut überzogen. Carlo ging auf einem Paar Plastikbadeschlappen durchs Leben. Direkt über dem Unterhemd trug er eine Jacke aus grünem Stoff, Modell «Tiroler Jäger«, die Beine steckten in einem Paar zu kurzer Hosen mit Schottenkaros. Stil hatte er ja.

»Was hast du denn mit deinen Füßen angestellt, Carlo?« fragte ich ihn.

»Ich war blau, verstehste?« Er versuchte, einen Rülpser zu unterdrücken. Ohne viel Erfolg.

»Ja.«

»Letzten Samstag war ich auf dem Markt. Ich hab Schuhe gesehen. Die gefielen mir, und ich hab sie gekauft, verstehste?«

»Ja.«

»Aber ich war blau, stimmt's?«

Ich merkte, daß er eine Antwort erwartete.

»Stimmt.«

»Es war die falsche Größe. Ich bin vier Tage mit höllischen Schmerzen an den Füßen rumgelaufen. Verstehste?«

»Verstehe. Konntest du die Schuhe denn nicht ausziehen?«

»Nein. Ich war blau. Ich wußte nicht, daß die Schuhe dran schuld waren. Verstehste?«

Mit äußerster Mühe konnten wir ihm begreiflich machen, daß alle Zigeuner über fünfzehn Jahren sich bei uns melden mußten, wenn sie eine Arbeit finden wollten. Und daß wir sie dann zu einer Anzahl Firmen schicken würden.

»Was würdest du denn gerne machen?« fragte ich Carlo.

»Nichts«, sagte er und lachte.

In gewisser Weise bewunderte ich ihn. Der strahlende

Aufstieg eines Donald Trump hatte sein Selbstvertrauen und seinen Aplomb nicht angekratzt. Er hatte sich nicht von der hemmungslosen Geldmacherei der achtziger Jahre anstecken lassen. Carlo hätte nie seine Art sich anzuziehen geändert, um Karriere zu machen. Er hätte nie seinen Arsch für einen Job in der Bank oder bei FIAT hergegeben. Er hatte Stil, im Gegensatz zu so vielen anderen Leuten, und es war ihm nicht mal bewußt.

14.

Wir hatten gedacht, daß niemand kommen würde. Statt dessen kamen sie in Scharen. Aus ihren Erwartungen wurde uns allerdings ersichtlich, warum: Sie hatten ganz offenkundig keinerlei Arbeitserfahrung.

»Was kannst du?« fragten wir sie.

»Nichts«, antworteten sie.

»Und als was möchtest du arbeiten?« fragten wir wiederum.

»Fußballer.«

»Showmaster.«

»Tarzan.«

»Zorro.«

»Mike Bongiorno.«

»Formel-Eins-Pilot.« Selbst die sahen zuviel fern.

Nachdem wir uns die Vorlieben eines jeden angehört hatten, machten wir eine Reihe von Vorstellungsgesprächen für die künftigen Fernsehstars aus. Schulbildung und Lebenslauf schränkten die Auswahl stark ein. Die Firmen, bei denen die Kandidaten sich melden sollten, gehörten zu den Branchen Raumpflege, Verpackung, Kunststoffherstellung.

15.

Die Vorstellungsgespräche begannen. In der Zeitung erschien ein Artikel. Über dem Artikel hatten sie ein Photo des Stadtrats abgedruckt. Die Bildunterschrift lautete: DANK DEM STADTRAT IST ES IN UNSERER STADT ZUM ERSTENMAL GELUNGEN, SINTI UND ROMA IN DIE ARBEITSWELT EINZUGLIEDERN. In diesem Ton fuhr der Artikel fort. Gegen Ende erwähnte der Journalist beiläufig die Partei, der der Stadtrat angehörte. Einige Wochen später, als die Vorstellungsgespräche abgeschlossen waren, erstellten wir eine Tabelle mit den Ergebnissen.

DRAGAN	STALLKNECHT	NACH GESPRÄCH ABGELEHNT
BORO	TELLERWÄSCHER	NACH GESPRÄCH ABGELEHNT
RATKO	SCHWEISSER	ANGEBOT NICHT ANGENOMMEN
DZANI	ZIMMERMANN	PROBEZEIT NICHT ÜBERSTANDEN
NENAD	REINIGUNGSKRAFT	NACH GESPRÄCH ABGELEHNT
AVDO	LIEFERANT	NICHT ERSCHIENEN
ALAGA	VERLADEARBEITER	NACH GESPRÄCH ABGELEHNT
ZAHID	HILFSKELLNER	NACH GESPRÄCH ABGELEHNT
DAVID	GUMMIVERARBEITUNG	ANGEBOT NICHT ANGENOMMEN
KAHRO	SCHLOSSER	NACH GESPRÄCH ABGELEHNT
ALIDA	GÄRTNER	NACH GESPRÄCH ABGELEHNT
VAHID	INSTALLATEURGEHILFE	NACH GESPRÄCH ABGELEHNT
VEJSIL	TELLERWÄSCHER	NACH GESPRÄCH ABGELEHNT
RATKO	HAUSHALTSHILFE	ARBEITSZEITEN ABGELEHNT
AVDO	INSTALLATEUR	ARBEIT ZU BESCHWERLICH
MIRKO	METZGERGEHILFE	PROBEZEIT NICHT ÜBERSTANDEN
RENATO	PACKER	NICHT ERSCHIENEN

Die Tabelle ging über zehn Seiten so weiter. Die Zeitung brachte keinen Bericht.

16.

Eines Nachmittags wollte ich gerade nach Hause gehen, als Enza das Büro betrat. Sie schwankte. Die Farbe ihrer Haare hatte sich verändert. Von apfelgrün war sie zu kanariengelb übergegangen.

»Kannst du mir zehntausend leihen?« fragte sie, ohne mich zu grüßen. Sie schwankte hin und her, wie beim letztenmal, als ich sie in der Disko gesehen hatte. Ich hatte zwanzigtausend in der Tasche. Davon gab ich ihr die zehn. Sie starrte ins Leere.

»Warum setzt du dich nicht?« fragte ich sie.

»Ich wollte mir eine Bluse kaufen, aber mir haben zehntausend gefehlt. Ich geb sie dir wieder, wenn ich eine Arbeit finde.«

»Kein Problem.«

»Die Bluse ist endgeil. Du bekommst das Geld zurück, sobald ich eine Stelle gefunden habe.«

»In Ordnung. Du kannst dich setzen, wenn du willst.«

Enza schwankte weiter und starrte die ganze Zeit ins Nichts. Sie schwankte ununterbrochen von rechts nach links und dann von links nach rechts.

»Möchtest du etwas trinken? Im Kabuff haben wir eine Kaffeemaschine.«

»Nein, ich muß los. Du müßtest die Bluse sehen. Endgeil.«

Da war nichts zu machen. Sie hörte mich nicht mal.

»Sobald ich eine Stelle finde, geb ich dir das Geld wieder.«

Sie war high. Vollkommen bekifft.

»Wen wählst du?«

»Wen ich wähle? Ich habe noch nie gewählt. Bringt doch nichts. Die Bluse ziehe ich heute abend im Space-Lab an.«

Immer noch schwankend zog sie eine Haarbürste aus ihrem versilberten Rucksack. Sie begann sich zu kämmen. Sie kämmte sich einige Minuten lang und starrte dabei ins Nichts. Dann ging sie, ohne etwas zu sagen.

17.

Das Fotokopieren nahm kein Ende. Lupo verlangte drei Kopien von jedem Dokument, selbst wenn es sich nur um eine einfache Anfrage nach Toiletten-Duftsteinen bei der Verwaltung handelte. Eines Vormittags ging wieder mal das Kopierpapier aus. Ich beschloß, daß mir das egal war, und sagte nichts. Eine Stunde später hörte ich einen Schrei. Eigentlich war es mehr eine Art Jaulen. Lupo kam an meinen Schreibtisch gerannt.

»DU HAST SCHON WIEDER KEIN PAPIER IN DEN KOPIERER GETAN!«

»Na und?«

»ICH HATTE DIR GESAGT, DASS DU MICH JEDESMAL SCHRIFTLICH BENACHRICHTIGEN MUSST, WENN DIR DAS PAPIER AUSGEHT!«

Er war so rot im Gesicht, daß man den Eindruck hatte, er müßte im nächsten Moment platzen.

»Nächstes Mal werde ich daran denken.«

»DER KOPIERER DARF NIEMALS OHNE PAPIER SEIN! EINE SEKUNDE REICHT, UND SCHON IST EIN DOKUMENT VERLOREN!«

»Okay, Lupo«, sagte ich seelenruhig. »Reg dich doch wegen so einer Kleinigkeit nicht so auf. Ich geh jetzt Papier kaufen.«

»UND OB DU GEHST! UND ZWAR AUF DER STELLE!«

Ich ging zum Schreibwarenladen hinunter und kaufte

einen Packen Papier. Der Smog dämpfte das Sonnenlicht, es wirkte ganz fahl. Die Luft war schwer, kaum zu atmen. Allerdings meinte der Bürgermeister, daß es sich in seiner Stadt prächtig durchatmen ließe. Man mußte nur die Grenzwerte für Luftverschmutzung heraufsetzen, wie es vorigen Sommer die Badeorte an der Adria mit den Werten für die Wasserqualität getan hatten. Bevor ich mich auf den Rückweg machte, ging ich auf einen Sprung in die Bar. Ich konnte jederzeit sagen, daß es im Schreibwarenladen sehr voll gewesen war. Ich hatte einen Weg gefunden, um mir von Zeit zu Zeit eine Extrapause zu genehmigen.

18.

Lupo arbeitete schon über zwanzig Jahre. Das Arbeiten reduzierte die Leute. Nach einer Weile waren sie fast keine menschlichen Wesen mehr. Die Arbeit kroch in sie hinein. Sie besetzte immer mehr Raum in ihrem Bewußtsein. Sie bemächtigte sich ihrer Träume. Selbst ich, der ich erst seit kurzem arbeitete, träumte manchmal davon, wie Lupo mir auftrug, Kopien zu machen. Im Traum hörte ich das Klingeln des Telefons und die Stimmen der Lehrerinnen, mir erschien Pasquales Gesicht. Und ich hatte gerade erst angefangen. Wenn ich überleben wollte, mußte ich das ganze Leben arbeiten, da ich aus einer Arbeiterfamilie kam und Arbeiter die Steuern nicht hinterziehen konnten wie die Eltern der zukünftigen Top-Manager an der Uni. Ich würde genau wie Lupo werden oder halt meine eigene Form der Neurose, der Geistesgestörtheit, des Wahnsinns entwickeln. Wenn ich dann von Verkehr, Frustration und Streß abgestumpft zu Hause ankäme, würde ich meine Kinder bis aufs Blut verprügeln und mich dann in den Fernsehsessel fallen lassen und mir eine Überdosis Fußball und TeleMike setzen.

19.

»So alt und hat noch nicht mal ein Auto. Im Fernsehen verschenken sie sie praktisch, und du hast nicht mal einen Gebrauchtwagen.«

Es war ein stressiger Tag im Büro gewesen. Hunderte Fotokopien, Tausende Anrufe, Lupo, der einem auf den Nerven herumtrampelte … Jetzt, wo ich das Ganze hinter mir gelassen hatte, fing mein Vater wieder an.

»Du denkst nicht an deine Karriere. Du hättest dich für Betriebswirtschaft einschreiben und dir eine Position erarbeiten sollen, anstatt dich mit Zigeunern abzugeben.«

Ich war nah dran zu explodieren.

»Du hast nicht mal eine Freundin. Du bist nicht normal. In deinem Alter haben alle eine Arbeit, ein Auto und eine Freundin, nur du nicht, du hast nichts von dem allen.«

Ich wußte, wenn ich mich gehenließe, würde die Sache böse enden, sehr böse.

»Normale Menschen schneiden sich nicht die Haare wie du. Normale Menschen machen sich darüber Gedanken, wie sie eine Familie gründen können. Du denkst, du bist anders, dabei bringst du nur Mist zustande, Mist, Mist, und noch mal Mist …«

»Na ja, jeder baut halt Mist, so gut er kann.«

»WAS HAST DU ZU DEINEM VATER GESAGT?«

»Ich hab gesagt, jeder baut halt Mist, so gut er kann.«

»ICH HAB IN MEINEM GANZEN LEBEN NOCH KEINEN MIST GEBAUT.«

»Du Glücklicher.«

»ICH VERBIETE DIR ZU SAGEN, DASS ICH MIST GEBAUT HABE. ICH HAB IM GANZEN LEBEN NOCH KEINEN FEHLER GEMACHT.«

Er war Gott. Gott in Fleisch und Blut, und ich hatte es noch nie bemerkt.

»NIEMAND HAT JEMALS SO ETWAS ZU MIR GESAGT. FRAG DEINE MUTTER, OB ICH JEMALS MIST GEBAUT HABE, DU SCHEISSKERL!«

Meine Mutter setzte gerade Nudelwasser auf.

»Wie auch immer, nenn mich nicht Scheißkerl.«

»DU BIST MEIN SOHN, UND DESHALB KANN ICH DICH NENNEN WIE ICH WILL.«

Ich stand auf. Die Hände auf den Tisch gestützt, beugte ich mich zu ihm herüber. In seinen Augen zuckte die Bosheit.

»NENN MICH NICHT SCHEISSKERL, KLAR?«

»DU BRÜLLST DEINEN VATER AN?«

»JA, WENN MEIN VATER MICH ANBRÜLLT.«

»FRÜHER ODER SPÄTER WERFE ICH DICH RAUS.«

»NICHT NÖTIG. ICH WERFE MICH SELBST RAUS.«

20.

Später rief ich Tante Carlotta an.

»Ich habe beschlossen, zu Hause auszuziehen.«

»Willst du bei mir wohnen?«

»Nein, ich wohne lieber allein. Ich muß lernen, allein zu leben.«

»Bist du sicher, daß du das schaffst? Du verdienst dreihunderttausend Lire im Monat.«

»Mittags esse ich in der Mensa. Licht, Wasser und Unterkunft sind gratis.«

»Inwiefern gratis?«

»Ich bemühe mich um ein Zimmer im Heim für Kriegsdienstverweigerer. Da wohnen noch andere, die wie ich Zivi sind.«

»Du weißt, daß ich für dich da bin, wenn du irgend etwas brauchst. Du brauchst dich nicht zu genieren.«

»Danke.«

»Wann kommst du mich besuchen?«

»Bald. Sobald ich mich ein bißchen eingerichtet habe.«

»Ich erwarte dich.«

Ich dachte an ihre ruhigen, blauen, strahlenden Augen.

»In Ordnung. Mach dir keine Sorgen.«

3. Kapitel

1.

Eine Hitzewelle lag über der Stadt. Vannis Duft war noch intensiver geworden. Wir trafen uns in seinem Büro. Ich sprach zu seiner Krawatte, er zur Lampe.

»Du möchtest also einen Schlafplatz, der nicht allzu weit von deiner Dienststelle entfernt ist«, sagte er, wobei er der 120-Volt-Birne zuzwinkerte.

»Stimmt. Ich wohne am Stadtrand, und wenn ich mit den öffentlichen Verkehrsmitteln in die Stadt fahre, verliere ich eine Menge Zeit.«

»Hast du denn nie daran gedacht, jemanden um Aufnahme zu bitten, statt im Ziviwohnheim einzuziehen?«

Ich wußte, worauf er hinauswollte.

»Ach nein, ich find's wichtiger, daß ich lerne, allein zu leben. Sie wissen schon, Essen kochen, Wäsche waschen … Selbständig werden.«

»Du Schlingel. Denk mal an, gerade jetzt suche ich jemanden, der meine Wohnung mit mir teilt. Sie ist viel zu groß für einen Single. Da hätten sogar drei Leute Platz.«

Er lächelte mich an.

»Offengestanden möchte ich mich wirklich selbst auf die Probe stellen. Wenn also ein Zimmer im Wohnheim frei wäre …«

Enttäuscht griff Vanni nach einem Ordner.

»Sicher ist dort etwas frei. Ich bringe dich da unter, aber du weißt ja nicht, was dir entgeht.«

Oh, das weiß ich sehr gut, dachte ich, ich kann's mir lebhaft ausmalen.

2.

Das Wohnheim für die Zivildienstleistenden befand sich im letzten Stockwerk eines Wohnhauses, das darüber hinaus ein Altenheim, eine Sonderschule für Lernbehinderte und eine Wohngemeinschaft für schwererziehbare Jugendliche beherbergte. Der Aufzug stank nach Pisse. Mein Zimmer lag am Ende eines spärlich beleuchteten Ganges mit abgeblätterter Farbe an den Wänden. Als ich die Tür öffnete, nagelte mich ein bestialischer Modergeruch an der Schwelle fest. Ich betätigte den Lichtschalter. Das Licht ging nicht an. Durch den Geruch hatte vielleicht auch die Lampe der Schlag getroffen. Im Dunkeln erahnte ich, wo sich die Balkontür befand. Ich zog den Rolladen bis zur Hälfte hoch, wo er steckenblieb. Ich sah mich um. Da waren ein Waschbecken, ein Bett, ein Stuhl, ein rostiger Metallkleiderschrank, ein kleiner Tisch und eine ebenfalls angerostete Anrichte. Schrank und Anrichte waren leer.

Ich öffnete das Fenster, um Luft hereinzulassen. Eine Smogwolke zog durchs Zimmer. Der Balkon ging auf eine verstopfte Hauptstraße. Das ursprünglich einmal weiße Geländer hatte eine graue Patina, die von den Auspuffgasen herrührte. Die einzigen weißen Flecken waren Taubenscheiße. Na ja, ich wollte nun mal auf eigenen Füßen stehen. Und außerdem war es ja umsonst, dachte ich.

3.

In der Abstellkammer neben den Klos fand ich Besen, Schrubber, Putzlumpen, Alkohol und eine Flüssigkeit, mit der sich die Fettflecken vom Boden entfernen ließen. Auf dem Etikett der Flasche mit dem Entfettungsmittel war ein riesiger Totenkopf abgebildet. Statt mich umzubringen, beschloß ich, in meinem Zimmerchen über den Alten, den Schlägern und den Behinderten großreinezumachen.

Ich arbeitete wie bescheuert. Der Dreck wollte sich nicht ergeben, genau wie in der Werbung, nur daß es nicht reichte, dann mal eben mit dem Schwämmchen drüberzugehen. Die Flüssigkeit, mit der ich den Boden wischte, wurde zu einer schlammigen Masse. Einschließlich der Griffe des Wasserhahns, der Anrichte und des Kleiderschranks desinfizierte ich alles mit Alkohol. Ich verjagte die Spinnen. Ich wechselte die staubigen Bettbezüge und die vergilbten Laken gegen die aus, die ich von zu Hause mitgebracht hatte. Ich putzte den Balkon. Mit einem in Seifenlauge getränkten Lappen schrubbte ich Stuhl und Tisch ab.

Zum Schluß hatte ich selber eine Dusche nötig. Ich glaubte mich zu erinnern, daß es eine in dem Raum mit den Klos gab. Ich verstaute Besen, Alkohol und den Rest in der Abstellkammer und warf einen Blick auf die Dusche. Sie starrte vor dickem, braunem Dreck. Ich verzichtete darauf, die auch noch zu putzen. Wusch ich mich eben am Waschbecken in meinem Zimmer. Auf einmal mußte ich pinkeln. Ich öffnete eine Klotür. Die Kloschüssel hatte keine Brille und sah ganz danach aus, als wäre sie völlig zugeschissen. Ich öffnete die zweite Klotür. Die Schüssel hatte keine Brille und war völlig zugeschissen. Ich öffnete die Tür zum dritten Klo. Die Kloschüssel hatte keine Brille und war völlig zugeschissen.

Ich betrachtete die Tür zum letzten Klo. Ich zog es vor, sie nicht zu öffnen. Zum Pinkeln und improvisierten Duschen benutzte ich fortan das Waschbecken in meinem Zimmer.

4.

Das zentrale Problem war natürlich das Kacken. Ich gewöhnte mir an, es im Büro zu erledigen. Da ich nicht gelernt hatte, mir etwas zum Abendessen zu kochen, trank ich meistens einen oder zwei Liter Milch. Allerdings hatte die Milch tödliche Auswirkungen auf meine Gedärme. Morgens wachte ich mit furchtbaren Bauchschmerzen auf. Während ich ins Waschbecken pißte, mußte ich mir den Hintern mit einer Hand zuhalten, um mir nicht in die Hosen zu scheißen. Dann rannte ich zum Aufzug, der nach Urin stank, und stürzte auf die Straße, zur Bushaltestelle. Fast jedesmal mußte ich eine Zeitlang warten. Fünfzehn, zwanzig Minuten oder noch länger.

Ich lief den Bürgersteig neben der Haltestelle auf und ab. Ich versuchte mich mit irgend etwas abzulenken, egal was es war: Ich zählte die vorbeifahrenden Autos, erstellte Statistiken über Modelle, Hubraum, Farben. In Wahrheit unternahm ich übermenschliche Anstrengungen, um mir nicht in die Hose zu machen. Ich betete. Ich sprach vor mich hin. Ich pfiff. Die Omis, die regungslos warteten, sahen mich mißtrauisch an. Endlich kam der Bus. Völlig überfüllt. An jeder Haltestelle kamen weitere Achtzigjährige dazu. Sobald der Bus das Marktviertel durchquerte, stieg eine Horde mit Taschen, Päckchen und Kindern beladener Hausfrauen zu. Ständig zogen neue Schweißschwaden durch den Bus. Angegammeltes Obst und Gemüse besorgte den Rest. Verzweifelt, blau angelaufen und mit fliegenden Fahnen kam ich im CANE an. Ohne jemanden zu grüßen, flitzte ich auf die Toilette, während die Schmerzen sich zu Preßwehen auswuchsen. Dann, endlich, gebar ich. Plop. Plop. Plop. Plop. Während die Scheiße im Orkus verschwand, erklomm ich die Stufen zum Paradies.

5.

Irgendwann, ich erinnere mich nicht mehr an den genauen Zeitpunkt, begannen die Zeitungen über die Studentenbewegung *Pantera* zu berichten. Ich konnte es kaum glauben, daß tatsächlich jemand die Universität besetzt haben sollte, um beispielsweise zu fordern, daß die Bibliotheken endlich funktionierten. Im akademischen Betrieb funktionierte praktisch nichts und niemand, aber ich hatte niemals gesehen, daß sich jemand auch nur bei einem Pedell deswegen beschwert hätte. Die Leninistischen Komitees hängten ab und zu ein Transparent im Foyer auf, auf dem sie – sagen wir – gegen die Erhöhung der Studiengebühr protestierten. Die Katholen von Comunione e Liberazione antworteten ihrerseits mit einem Transparent, mit dem sie natürlich Partei für den Bildungsminister ergriffen. Die Leninistischen Komitees schlugen mit einem neuen, größeren Transparent zurück, auf dem sie hier und da ›Das Kapital‹ zitierten. Daraufhin war wieder Comunione e Liberazione an der Reihe: Ihre Proklamation begann mit einem Satz, der den Reden Don Giussanis oder Kardinal Ratzingers entnommen war. In dieser Tour ging es immer so weiter, während die Masse der Studenten in die Hörsäle ging oder gerade von dort kam und niemand die Zeit hatte, stehenzubleiben und etwas zu lesen. Ich war in keiner Vorlesung mehr gewesen, seit ich mit dem Zivildienst begonnen hatte. Die Zeitungen erweckten den Eindruck, als ob wir es mit einer neuen '68er-Bewegung zu tun hätten, die diesmal allerdings Gott sei Dank weniger anfällig für Ideologien sei … Ich stellte sie mir vor, die Autoren dieser Artikel, fast alles Ex-Achtundsechziger, die sich in anerkannte Freiberufler verwandelt hatten, die täglich im Kampf um die Villa am Meer, das prestigeträchtigste Auto und exklusive Reisen standen … Wenn nach zwanzig Jahren dies das Ergebnis sein sollte, dann hoffte ich inbrünstig, daß es sich nicht um ein neues '68 handelte.

6.

Wenn man eine Universität besetzt, dann muß man sie auch nachts besetzen, also beschloß ich eines Abends hinzugehen. Ich wollte dieses neue '68 mit eigenen Augen sehen. Ich war gerade in die Via Po eingebogen, als ich auf Castracan stieß. Ich erkannte ihn nicht sofort. Er hatte sich Bart und Haare wachsen lassen. Statt der Cordjacke trug er eine Lederjacke. Um den Hals trug er ein Palästinensertuch.

»Ciao, Walter«, sagte er, »bist du einer von uns?«

»Nein, ich bin zum erstenmal hier und will mir die Sache mal ansehen. Ich mache zur Zeit Zivildienst und gehe nicht mehr …«

»Ich dagegen bin Vollzeit bei der *Pantera*.« Er rückte das palästinensische Guerillerotuch zurecht.

»Gehst du zur Zeit in irgendwelche Seminare?«

»Du machst wohl Witze? Es gibt keine Seminare. Wir machen einen Boykott.« Er sah ziemlich *revolucionario* aus. »Ich geh jetzt nach Hause, etwas essen«, fügte er hinzu. »Praktischerweise wohne ich hier in der Nähe.«

»Wieso, wo wohnst du denn?«

»Via Roma, zwei Minuten von hier.«

Nicht übel für einen *Revolucionario*. Wir verabschiedeten uns. In fünf Sätzen hatte er nicht ein einziges Mal aus dem ›Wörterbuch der Philosophie‹ zitiert. Diesmal hatte er mich mit Spezialeffekten überrumpelt.

Ich erreichte die Universität. Der neonbeleuchtete Haupteingang wirkte verlassen. Eine kleine Menschenmenge hatte sich vor dem Notausgang postiert. Sie redeten miteinander. Ich ging auf sie zu. Sie hörten auf zu reden. Ich wollte hineingehen, aber eine Hand packte mich am Arm.

»Glatzköpfe wie du gefallen uns aber gar nicht«, sagte der Eigentümer der Hand. Alle trugen Bärte, lange Haare und Palästinensertücher um den Hals. Mit einem Ruck befreite ich mich.

»Ist das wahr?« sagte ich.

»Wir wollen hier keine Nazis«, präzisierte ein anderer.

»Und wir lassen uns nicht provozieren«, brachte ein dritter die Sache auf den Punkt.

»Ich mich auch nicht«, sagte ich. Ich versuchte hineinzugehen. Der größte der Gruppe baute sich vor mir auf.

»Was hast du hier zu suchen?«

»Deine Schwester. Und ihr?«

»Wir sind vom Ordnungsdienst. Niemand kommt hier ohne unsere Erlaubnis rein.«

»Und ich dachte, ihr kämpft für eine Uni, die allen offensteht ...«

Sie sahen sich an.

»Ich bin für Philosophie eingeschrieben, und ob ich eine Glatze habe oder nicht – ich habe genausoviel Recht, hier reinzugehen wie ihr.«

Der Yogibär trat beiseite. Ich überschritt die Schwelle. Ich ging die Treppe hinauf. Die Wände waren voller Graffiti. Woher sie wohl das Geld für die Spraydosen hatten? Und was sie wohl über das Ozonloch dachten? Alle, denen ich begegnete, hatten eine andere Beziehung zu ihren Haaren als ich und sahen mich an, als ob ich von einem anderen Stern käme. Jemand fragte mich, ob ich was zu rauchen hätte. Die Inschriften lauteten HÄNDE WEG VON DER PANTERA ODER IHR WERDET TEUER BEZAHLEN. Jau, dachte ich, bezahlen werden sie. Mit der Platin-American-Express-Karte. Ich lief ein bißchen durch die leeren Gänge, schließlich wurde es mir zu doof, und ich machte mich vom Acker.

7.

Dann kamen die Wahlen. Wie immer änderte sich nichts an der Regierung. Die Opposition hatte sich so gefügig aufgespalten, daß sie praktisch nicht mehr vorhanden war. Die verschiedenen Separatistenparteien dagegen vereinigten eine hübsche Stimmenzahl auf sich. Der Durchschnittsitaliener befürchtete, daß irgendein Neger seine Tochter heiraten oder ihm die Brieftasche klauen könnte. Offensichtlich war es vielen entgangen, daß so eine nette Sache wie die amerikanische Mafia von uns, dem Volk der Heiligen, Dichter und Seefahrer exportiert worden war. Was das gesunde lombardische Unternehmertum betraf, so erinnerte sich offenbar niemand mehr an Seveso. Wenn ich abends in der Disko einen x-beliebigen Musikkonsumenten gefragt hätte, was Dioxin war, hätte er mir geantwortet: Tja, ähm, weiß nicht, eine neue Droge vielleicht? Der Gott Geld hatte an allen Fronten gesiegt. Die politischen Flüchtlinge aus dem Osten wechselten in den Westen auf der Suche nach Pornoshops und Supermärkten, selig über die Freiheit, sich Gummischwänze kaufen und in den Arsch stecken zu können und endlich auch arbeitslos zu sein. Und doch war dies die bestmögliche Welt, oder jedenfalls war sie auf dem besten Weg dorthin. Die Aids-Toten und die Wüstengebiete nahmen zu, desgleichen stiegen Benzinpreis und Heroinkonsum, Staatsverschuldung und Anzahl der Ratten in den Krankenhäusern, der Spalt zwischen den immer Reicheren und den immer Ärmeren klaffte immer weiter auseinander; aber wir hatten ja die schönste Fußballmeisterschaft der Welt, wozu sich also Sorgen machen?

8.

Wie durch Zauberei hörten die Telefonate auf, als die Schulferien begannen. Pasquale brachte einen Gameboy mit Space Invaders mit ins Büro. Wir versteckten ihn in einer Schublade. Jeden Tag erfand Lupo neue unnütze Arbeiten, nur um uns zu beschäftigen und um sich wenigstens als der Verantwortliche zu fühlen, denn er war nicht gewählt worden. Phantasiemäßig war der Knabe wirklich keine große Leuchte.

»Macht mir acht Kopien von dieser Liste«, befahl er uns. Er meinte die Kartei mit den persönlichen Daten der Zigeuner. Davon besaßen wir bereits zwei Kopien. Das Ding war schon so dick wie das Telefonbuch von Los Angeles.

»Wozu brauchen wir zehn Kopien davon?« fragten wir.

»Man kann nie wissen«, antwortete er und verschwand unter dem Vorwand, dringend etwas erledigen zu müssen.

Sobald Lupo die Tür hinter sich geschlossen hatte, öffnete Pasquale die Schublade. Wir spielten stundenlang. Fast jedesmal rief Pasquale am Schluß seine Frau an.

»Ciao, Saskia, ich bin's. Hör mal, heute wird's später, weil wir hier wahnsinnig viel Arbeit haben. Wir sind total überlastet. Du kannst dir das Chaos nicht vorstellen! Aber natürlich liebe ich dich. Ist gut. Ist gut. Ciao.«

»Alles klar zu Hause?« fragte ich.

»Aber sicher. Diesen Monat bekommt Saskia ihr vierzehntes Gehalt ausbezahlt.«

9.

Eines Morgens rief mich meine Mutter im Büro an. Wir hatten eine ganze Zeitlang nichts mehr voneinander gehört.

»Walter, Tante Carlotta ist gestorben. Herzinfarkt.«

Ich sagte nichts.

»Die Beerdigung findet Montag statt.«

Ich brachte kein Wort hervor.

»Wenn du willst, sehen wir uns da.«

Einige Minuten verstrichen.

Durch den Hörer hörte ich Autoverkehr. Meine Mutter rief von einer Zelle aus an.

»In Ordnung«, sagte ich. »Wir sehen uns Montag.«

10.

Als ich in das Haus meiner Tante kam, lag sie auf ihrem Bett. Es war dasselbe Bett, in dem ich als Kind häufig bei ihr schlafen durfte.

Ihre Augen waren geschlossen. Ihre Hände liefen schon blau an. Ich weiß nicht, weshalb man ihr das Gebiß herausgenommen hatte. Ihre bereits eingefallenen Wangen berührten sich jetzt fast. Ich weiß nicht, wie lange ich regungslos dastand und sie ansah. Dann legten sie sie in einen Sarg. Alles war zu Ende. Es war nichts mehr zu machen. Sie luden den Sarg in den Leichenwagen. Wir folgten ihm im Auto bis zum Friedhof. Es waren nicht viele Leute da. Kein Priester. Sie hatte keinen bei ihrem Begräbnis gewollt.

Als sie sie in die Grube hinabließen, betete jemand. Meine Mutter ebenfalls. Ich betete nicht. Ich sagte zu niemandem ein Wort. Am liebsten wäre ich ausgeklinkt. Ich wollte irgend etwas tun, egal was. Mit dem Kopf gegen die Wand rennen, mir die Zähne mit einer Zange herausreißen, mein Gehirn aufessen. Aber ich konnte nichts mehr tun. Nichts hätte irgend etwas geändert. Mit dem ersten Zug fuhr ich in die Stadt zurück.

11.

Nach der Arbeit kehrte ich in mein Zimmer zurück. Auf dem Bett liegend starrte ich stundenlang an die Decke.

12.

Ich interessierte mich für überhaupt nichts mehr. Ich wollte mit niemandem mehr reden. Mein Hirn war ein einziger Nebel. Bei der Arbeit machte ich nichts als Fotokopien. Ich wollte nur noch mechanisch die gleichen Handgriffe wiederholen. Ich hörte mir immer wieder ›Holiday in Cambodia‹ von den Dead Kennedys an.

»Sollen wir eine Partie Space Invaders spielen?« schlug Pasquale vor. Mit einem Kopfschütteln lehnte ich ab.

»Oder unten ein bißchen Super Mario?«

»Nein, danke.«

Ich war noch nie so allein gewesen. Allein wurde ich geboren. Allein hatte ich bis dahin gelebt. Allein würde ich eines Tages sterben, wie meine Tante. Man konnte die Sache nicht dadurch lösen, daß man sich mit jemandem zusammentat. So einfach war es nicht. Es war nun mal unsere Eigenart, daß einer vom anderen getrennt war. Es gab keinen Gott. Es gab verdammt noch mal überhaupt nichts. Das Gewebe faulte und verweste und verschwand nach und nach. Nichts blieb von dem, was wir gewesen waren. Nichts von unseren Träumen. Nichts von unserer Art zu lächeln oder zu gehen. Es blieb nichts, nichts und wieder nichts.

13.

Einige Monate später kehrte ich an einem Samstagmorgen an die Uni zurück, nur so, um etwas zu tun. Die Besetzung war zu Ende. Die Seminare hatten wieder begonnen. Von der *Pantera* blieben die Inschriften an den Wänden. Aber draußen vor dem Rektorat hatten sich bereits ein paar Maler drangemacht, auch diese verschwinden zu lassen.

Die Bibliotheken funktionierten immer noch nicht, die Prüfungszeiträume waren reduziert worden, die Gebühren erhöht. Wie nach Drehbuch. Ich sah mir das Vorlesungsverzeichnis an, ohne etwas sonderlich Interessantes zu entdecken. Deshalb setzte ich mich ins Atrium und betrachtete die Leute, die vorübergingen. Ich hatte fast das Gefühl, in einem Café in Paris zu sitzen, es fehlten nur das Café und Paris. Plötzlich bemerkte ich, daß mich ein Mädchen anstarrte, das mir gegenüber auf der anderen Seite des Atriums saß. Die Frau war blond, hatte Sommersprossen, und über einem Paar verwaschener Levi's trug sie eine Motorradweste. Sie stank kilometerweit gegen den Wind nach Geld. Ich ließ mir nichts anmerken und beobachtete weiter die vorbeiziehenden Replikanten. Dann sah ich sie nicht mehr. Ich drehte mich um und wollte nach ihr suchen, doch da stand sie auch schon direkt neben mir. Im Mund hatte sie eine Zigarette.

»Hast du Feuer?« fragte sie mich.

»Ich rauche nicht.«

Sie zog ein Feuerzeug aus der Westentasche.

»Warum hast du mich gefragt, ob ich Feuer habe?«

»Ich wollte dich kennenlernen. Ich heiße Beatrice.«

»Walter.«

»Was macht so jemand wie du an der Universität?«

»Bird-watching. Warum?«

»Du siehst mir nicht gerade wie der typische Student aus.«

»Du siehst mir auch nicht gerade wie die typische Studentin aus«, sagte ich zu ihr und dachte dabei: Du siehst aus wie eine Nutte.

»Und wie sehe ich aus?«

»Wie eine mit viel Geld. Richtig?«

»Falsch.«

Wir schwiegen eine Weile, um die jungen Poetenphilosophen und die zukünftigen Börsenmakler zu zählen, die das Gebäude betraten und wieder verließen.

»Ich wette, daß, wenn ich dich zum Mittagessen in meine Mansarde einlade, dann kommst du nicht.«

Es war das erste Mal, daß ein Mädchen mich so anmachte. Ich fragte mich, ob sie nicht vielleicht ein Transvestit war. In der Tat war sie ein bißchen sehr androgyn: mager, lange Beine, wenig Arsch und wenig Titten. Sie war nicht ganz mein Typ. Aber ich starrte nun schon seit

Monaten jeden Abend allein an die Decke. Ich hielt das nicht mehr aus. Keine Minute länger.

»Warum nicht?« sagte ich zu ihr.

14.

Beatrice fuhr einen fabrikneuen schwarzen Porsche. Mit atemberaubender Geschwindigkeit fuhren wir den Hügel hoch, jedenfalls kam's mir, der ich immer nur zu Fuß ging oder Straßenbahn fuhr, so vor. Nach ein paar Minuten parkte sie vor einem Barock-Palazzo.

»Und du hast kein Geld, ja?« sagte ich zu ihr, während wir die Maisonettewohnung betraten, in der sie wohnte.

»Meine Familie hat Geld, aber ich bin ein Habenichts.«

Vielleicht war sie ja mit einer guten Portion Selbstironie gesegnet. Sie zog Lederweste und Stiefel aus und warf sie in eine Ecke. Alles war mit Teppichboden ausgelegt.

»Mach's dir ruhig bequem. Du kannst dich in der Wohnung umsehen, wenn du willst, ich mach uns inzwischen etwas zu essen.«

Ich sah mich in der Wohnung um. Sie bestand aus etwa zwanzig Zimmern. Alle im Memphis-Stil eingerichtet. Beatrice hatte alles dreifach: drei Fernseher, drei Stereoanlagen, drei Bäder, drei Schlafzimmer, drei Wohnzimmer, drei Küchen, drei Terrassen … Nicht schlecht, ihre Mansarde.

15.

»Walter!« hörte ich Beatrice von einer der Terrassen her schreien.

Ich ging zu ihr. Sie hatte den Tisch draußen hergerichtet. Mitten auf der bestickten Tischdecke thronte ein riesiges Kuchentablett. Des weiteren gab es eine Flasche Champagner sowie zwei Gläser.

»Ich wollte nicht kochen, deshalb habe ich die Reste von gestern abend ausgegraben. Macht's dir was aus?«

»Im Gegenteil. Ich bin verrückt nach Süßem.« Ich nahm ein Teilchen und biß hinein.

»Hast du Lust, nach dem Essen zu vögeln?« fragte sie.

Ich mußte husten, wobei ich das Tischtuch mit Vanillezucker übersäte und über und über rot wurde. Toller Playboy.

»Entschuldige, was hast du gesagt?« Vielleicht hatte ich mich ja verhört.

»Ich würde dich gern vögeln, nach dem Essen.«

Innerhalb einer Sekunde geronn mein Hirn um das Zauberwort: VÖGELN. Ich verfiel in absolute Konfusion. Was hätte Marlon Brando in so einer Situation geantwortet? Wie verhielt man sich gegenüber einer Klitoris? Wie oft würde ich in sie eindringen müssen? Wußte sie, daß sie es mit einer Jungfrau zu tun hatte? Verspürten Männer beim ersten Mal Schmerzen? War sie die große Liebe meines Lebens? Wollte ich sie wirklich vögeln, beziehungsweise mich von ihr vögeln lassen? Und um ganz offen zu sein: Welches war die durchschnittliche Größe eines eregierten Penis? Ich legte das Teilchen hin.

»Was hältst du statt dessen von einer Partie Ping-Pong unten bei der Minigolfanlage?« antwortete ich.

16.

Trotz dieser Pleite sahen wir uns auch weiterhin. Sie holte mich im CANE ab, dann gingen wir essen. Manchmal allein, manchmal mit Freunden von ihr. Ich hatte keine Freunde. Die Leute in ihrem Umfeld hießen gewöhnlich Umbi, Giugi, Ale, Inti, Bobi, Titti …

»Papi hat mir letztes Wochenende ein neues Vollblut geschenkt«, bekannte normalerweise einer der Umbis im Lauf des Abends. Statt des Pferdes konnte es auch eine Yacht oder ein Haus in Ponte Cervo sein. »Ich habe es spontan Bea genannt, dir zu Ehren«, fuhr der kleine Kavalier fort, wenn es sich um das Vollblut handelte.

»Wie süß«, seufzte Beatrice, während sie sich an mir rieb und ihre nackten Beine über meine legte.

»Habt ihr eigentlich noch mal etwas von Giugi gehört?« wechselte irgendein Inti das Thema.

»Nein. Seit er in Harvard ist, gibt es keine *news* mehr.«

Dann bemerkten Bobi und Ale meine Anwesenheit, wahrscheinlich durch die Sauerstoffein- und Kohlendioxidausatmung seitens meiner Nase.

»Und was treibst du so im Leben?« lautete mehr oder weniger die Frage.

»Zivildienst. Ich hab mit Zigeunern zu tun.«

»Im Ernst? Das ist ja interessant.« Einen Moment lang hielten sie alle den Atem an. Umbi erholte sich als erster.

»Habt ihr meine neue Keith-Haring-Swatch gesehen?« Ich hatte nicht besonders lange im Zentrum der Aufmerksamkeit gestanden.

»Laß uns gehen«, flüsterte Beatrice mir ins Ohr. Ihre Hände lagen die ganze Zeit auf meinen Schenkeln, und zwar ziemlich weit oben. Sie mußte verdammt scharf aufs Vögeln sein. »Warum schläfst du heute nacht nicht bei mir?« lockte sie mich.

17.

Am nächsten Morgen erwachte ich in dem Zweifel, ob es nicht falsch gewesen war, das Angebot auszuschlagen. Wenigstens hätte ich mal duschen können.

Es war unglaublich. Mein ganzes Leben lang hatte ich nur schwule Verehrer gehabt. Jetzt war da ein Mädchen, und ich schaffte es nicht, das auszunutzen. Ich verstand es nicht. Na ja, eigentlich verstand ich es sogar sehr gut. Denn auch wenn ich mit zweiundzwanzig noch Jungfrau war, stellte ich doch den Anspruch, daß ich aus Liebe vögeln wollte – nur aus Liebe. Ich wusch mir das Gesicht und betrachtete mich im Spiegel über dem Waschbecken. Monsieur Bovary. Der junge Werther. Der Vollidiot. Ich wollte die große Liebe, die echte Liebe, die wahre Liebe. Ja, wo lebte ich denn? War mir überhaupt noch bewußt, wie die Menschen waren? Die Leute heirateten aus Einsamkeit, Zweckmäßigkeit, Angepaßtheit, Angst. Alle Dreißigjährigen, die ich kannte, lebten in Trennung oder Scheidung. Wenn dir ein Mädchen in die Augen sah, versuchte es meistens nur herauszufinden, wie viele Kreditkarten in deiner Brieftasche steckten. Vielleicht sollte ich Beatrice einfach vögeln, ohne mir so viele Gedanken zu machen – na ja, an ein Kondom sollte ich vorher vielleicht schon denken. Genaugenommen war sie zwar nicht superklasse, aber sie war auch kein Krüppel. Irgendwann würde sie einen Haufen Geld erben. Ich erahnte die Möglichkeit, mich für immer einzurichten. Wahrscheinlich würde sie schon bald ohne mein wunderbares, unerschöpfliches sexuelles Talent nicht mehr leben können. Ich würde nie mehr arbeiten müssen. Sie würde mich ernähren, damit ich sie von Zeit zu Zeit vögelte. Ich könnte die Zeit verbringen, wie ich wollte: mit langen Spaziergängen am Strand, Lesen, Schlafen, Musik hören, Schreiben. Je nach Jahreszeit würde ich ein anderes Haus bewohnen; im Frühling in Paris, im Sommer in Kalifornien, im Herbst in Kent, im Winter auf den Malediven. Und das alles nur wegen meiner formidablen Ausstrahlung und meiner Begabung als Liebhaber. Ach, vergiß es.

18.

Eines Nachmittags rief sie mich im CANE an.

»Sollen wir abends mal tanzen gehen?«

Beatrice behauptete, daß sie sich tagsüber langweilte. In den zwei Wochen mit ihr war ich in mehr Lokalen gewesen als in den fünf Jahren davor. Bis jetzt allerdings war es mir gelungen, den Diskos aus dem Weg zu gehen.

»Du weißt doch, daß ich nicht gerne tanze.«

»Sag lieber, daß du nicht weißt, wie's geht.«

»Das auf jeden Fall.«

»Versuch einmal, nett zu sein.«

»Warum gehst du denn nicht mit einem deiner Milliardärsfreunde?«

»Ach, du weißt doch, wie sehr die mich langweilen. Sie reden immer über das gleiche. Sie unterhalten sich ausschließlich über Yachten, Geld und Pferde. Du bist anders.«

»Ja, ich habe weder Yachten, noch Geld, noch Pferde.«

»Los, laß uns tanzen gehen.«

»In Ordnung.«

»Heute abend?«

»Heute abend.«

19.

Im Space-Lab waren die gleichen Schwuchteln wie immer. Die House-Musik durchbrach die Schallmauer.

»TRINKST DU NICHTS?« brüllte Beatrice, sobald es uns gelang, hineinzukommen.

»EIN BIER, DANKE.« Wir gingen zur Bar.

»CIAO, BEA«, brüllte ihr der Barmann zu. »WIE IMMER?«

»JA, EIN J&B ON THE ROCKS UND EIN BIER.«

Sie kannte alle, sogar die beschissenen Rausschmeißer.

»SOLLEN WIR UNS INS GETÜMMEL STÜRZEN?« fragte sie mich, nachdem sie ohne Probleme den Whisky runtergekippt hatte.

»WAHNSINNIG GERN.«

Wir stürzten uns ins Getümmel. Auf der Tanzfläche krümmten sich dichtgedrängt die Leute. Wie immer drang die Musik bis zu den inneren Organen vor. Ich war nie ein guter Tänzer gewesen. Ich versuchte, den Rhythmus zu halten, indem ich die Bewegungen der anderen imitierte. Der Haken an der Sache war, daß, weil ich sie imitierte, ich dem Rhythmus systematisch hinterherhinkte. Um mich herum verhielten sich alle wie alte Dancefloorprofis. Sie tanzten tiefernst und tauschten dabei einvernehmliche Gesten aus, als wollten sie sagen: Seht mal, wie toll wir uns bewegen! Mann, sind wir cool!

Beatrice rieb sich pausenlos an mir. Wir gaben uns fünf oder sechs Stücke hintereinander, oder auch ein einziges Stück, das so lang war wie fünf oder sechs normale: Ich hörte keinen Unterschied zwischen den Stücken. Schließlich bewegte sich ihre Zunge auf mein Ohr zu.

»ICH BIN WAHNSINNIG GEIL. LASS UNS ZU MIR NACH HAUSE GEHEN, BITTE.«

20.

Ich weiß nicht mehr, wie es kam, daß ich zusammen mit Beatrice völlig nackt auf ihrem Bett lag. Wir knutschten, und Beatrice begann an meinem Schwanz rumzufummeln. Er wurde sofort hart. Keiner von uns hatte etwas an, doch mir war ganz heiß. Ich glitt zwischen ihre Beine.

»Fick mich, bitte«, sagte sie.

Ich versuchte, in sie einzudringen. Ich begriff nicht, wo genau ich ihn anzusetzen hatte. Während ich unten bei ihr rummachte, kam mir Tante Carlotta in den Sinn. Tot. Mit bläulicher Haut. Eingefallenen Wangen. Mit für immer geschlossenen Augen.

»Los, worauf wartest du?«

Ich schwitzte. Ich schwitzte im Nichts. Während Carlotta in diesem Moment verweste. Eines Tages würde es mir genauso ergehen. Ich konnte nicht vögeln. Ich hatte nicht die geringste Lust dazu.

Ich war allein, völlig allein. Jede Sekunde, die verging, war unwiederbringlich vorbei, und auch ich würde früher oder später für immer im Nichts verschwinden, als ob ich nie existiert, niemals geatmet hätte.

»Geht's jetzt endlich los? Ja oder nein?«

Die Erektion war futsch. Ich ließ mich auf die Matratze fallen.

»Heilige Puffmutter, darf man erfahren, was mit dir los ist?« Beatrice setzte sich auf.

»Ich weiß es nicht«, antwortete ich.

Sie nahm eine Fernbedienung vom Nachttisch und betätigte einen Knopf. Man hörte ein CLIC. Im Bücherregal gegenüber dem Bett war eine Videokamera installiert, die ich vorher nicht bemerkt hatte.

»Was bedeutet dieses CLIC?«

»Daß die Kamera nicht mehr aufnimmt.«

Sie zündete sich eine Zigarette an.

»Versteh ich nicht.«

»Meinen stärksten Orgasmus habe ich, wenn ich mir später zusehe, wie ich mit dem Typ schlafe, den ich mit nach Hause gebracht habe. Aber ein Impotenter ist mir noch nicht untergekommen. Du bist der erste, den's nicht anmacht. Wenn du willst, ich hab was, das dagegen hilft. Koks vollbringt Wunder.«

»Nein, danke. Nichts zu machen. Ich bin wirklich impotent«, sagte ich, während ich versuchte mich wieder anzuziehen.

4. Kapitel

1.

MODULARIO 1 - P. S. -210

PERMESSO DI SOGGIORNO PER STRANIERI

FOREIGNERS' PERMIT OF STAY

RINNOVO / *RENEWAL*

MOD. 210
EX **178**BIS

N. ....

COGNOME ....
SURNAME

NOME .... SESSO ....
NAME SEX

LUOGO DI NASCITA ....DATA ....
PLACE OF BIRTH DATE OF BIRTH

CITTADINANZA ....STATO CIVILE (2) .... RIFUGIATO (3) ....
CITIZENSHIP CIVIL STATUS REFUGEE

RESIDENZA ALL'ESTERO ....
RESIDENCE IN THE COUNTRY OF ORIGINE

RECAPITO IN ITALIA – COMUNE ....PROV. ....
ADDRESS IN ITALY – BOROUGH COUNTRY

Timbro d'Ufficia

FOTO (1)
PHOTO

INDIRIZZO ....
ADDRESS

TIPO DI DOCUMENTO .... NUMERO .... SCADENZA ....
KIND OF DOCUMENT NUMMER VALID UNTIL

RILASCIATO DA .... DATA RILASCIO ....
ISSUED BY DATE OF ISSUE

INGRESSO IN ITALIA – DATA .... FRONTIERA ....
ENTRY IN ITALY – DATE BORDER OF

VISTO .... RILASCIATO DA .... SCADENZA ....
VISA ISSUED BY VALID UNTIL

MOTIVO DEL VISTO D'INGRESSO ....
REASON IF VISA

MOTIVO DEL SOGGIORNO (4) ....
REASON OF STAY

MEZZI DI SOSTENTAMENTO (5) ....
MEANS OF SUPPORT

CONIUGE ....
WIFE/HUSBAND

PERSONE A CARICO CONVIVENTI ....
PERSONS BEING CARED FOR, IF LIVING TOGETHER

....

REFERENZE IN ITALIA ....
REFERENCES IN ITALY

☐ Prima Dichiarazione
First statement

☐ Rinnovo
Renewal

☐ Aggiornamento
Revision

☐ Duplicato
Duplicate

FIRMA DEL DICHIARANTE
SIGNATURE OF THE HOLDER

DATA ....
DATE

2.

Im Büro trafen tonnenweise Formulare ein. Das neue Gesetz über die Bewilligung von Aufenthaltsgenehmigungen für Ausländer war verabschiedet worden. Danach stand die Genehmigung jedem zu, der nachweisen konnte, daß er vor einem bestimmten Datum nach Italien eingereist war, Feuerzeuge verkaufte, an Kreuzungen Autoscheiben putzte oder mit Heroin dealte. Offensichtlich hatten wir die Anfragen auszufüllen. In der ersten Woche ließ sich kaum jemand blicken. Doch dann verbreitete sich zusammen mit der Nachricht von der Verabschiedung der neuen Verordnung auch die Adresse des CANE unter den Nicht-EU-Bürgern.

3.

Morgens reichte die Schlange bereits bis hinunter auf die Straße. Treppen, Eingang und Flur waren mit Leuten vollgestopft. Täglich erschienen Hunderte von Menschen. In ihren Augen flimmerte das Wort AUFENTHALTSGENEHMIGUNG wie eine Fata Morgana. Die meisten waren Nordafrikaner aus den ehemaligen französischen Kolonien, doch es fehlte nicht an Kenianern, Argentiniern, Rumänen, Türken, Philippinos. Hinter ihnen lagen -zig Nächte, die sie zu dreißigst in einem Speicher verbracht hatten, zu viert im Auto oder allein im Dunkel eines verlassenen Eisenbahnwaggons. Bis zu diesem Augenblick hatten sie mehr oder weniger im verborgenen in Italien gelebt, und eine ganze Reihe ehrenwerter Italiener hatten auf ihre Kosten einen hübschen Batzen Geld verdient: Pensionsbesitzer und Teppichgroßhändler, Lederwarenhersteller und Rauschgifthändler. Steuerfreies Geld, versteht sich, wie beim illegalen Toto oder bei Zahnärzten. Früher mußten wir noch selbst nach Afrika gehen, um sie zu importieren, damit wir sie ausbeuten konnten, was uns Geld für Schiffe, Seeleute und Sklavenhändler kostete. Nun kamen sie zu uns und bezahlten sogar noch die Fahrkarte. Ein weiterer Schritt hin zur Güteklasse A.

4.

Wir mußten jedem dieselben Fragen stellen und die Antworten an der entsprechenden Stelle ins Formular eintragen.

Stundenlang saßen wir da und benutzten ausschließlich Mund und rechte Hand. Nach dem hundertdritten oder hundertvierten Ausländer war mein Gegenüber nicht nur kein Mensch mehr – er war nicht mal mehr eine Nummer. Ich hatte den Überblick verloren. Die Gesichter gehörten anfangs noch zu einzelnen Personen, ebenso die Namen und die Geburtsorte und -daten. Doch ziemlich schnell war der andere zu einem Einerlei geworden, dasselbe Gesicht, dieselben Augen mit derselben Fata Morgana namens AUFENTHALTSGENEHMIGUNG, und alle trugen denselben Namen, alle waren am gleichen Tag am gleichen Ort geboren. Das Fließband der Immigration. Pasquale am anderen Schreibtisch erging es nicht besser.

Abends brachten wir unsere Formulare zu Lupo. Auf seinem Schreibtisch lagen bereits verschiedene Formularstapel in alphabetischer Ordnung. Er zählte die frisch ausgefüllten Blätter, während wir ein jedes im richtigen Stapel einsortierten. Beim Zählen popelte er in der Nase und entsorgte die Materie, die er auf seinen Tauchgängen gefischt hatte, hinter dem Bart. Dann rief er seinen Journalistenfreund an.

»Hallo, ich bin's, Lupo. Ja. Ich habe heute sechshundert Aufenthaltsgesuche ausgefüllt. Ich ordne sie gerade alphabetisch. Ja. Ihr könntet morgen früh vorbeikommen, um das Foto von mir zu machen, das neben dem Interview abgedruckt werden soll ...«

Offensichtlich wollte er wieder kandidieren.

5.

Beim Verlassen des CANE war ich dem Wahnsinn nahe. In meinem Kopf dröhnten endlose Aneinanderreihungen arabischer, senegalesischer, philippinischer Namen, die sich mit Tausenden von Geburtsdaten und zahllosen Ausweisnummern vermischten. Ich ließ mich durch die Stadt treiben, bog wahllos in Straßen ein, ohne ein Ziel, wie immer. Enza und Ciccio hatte ich nicht mehr wiedergesehen. Ich versuchte, das Universitätsviertel zu umgehen, um nicht Beatrice in die Arme zu laufen. Ich sah mir die Schaufenster der Geschäfte an, in denen die Verkäufer sich immer noch wie Tiere im Käfig bewegten, braungebrannt, gut angezogen, lächelnd und dennoch Tiere im Käfig mit dem irrwitzigen inneren Verlangen, an jedem anderen Ort der Welt zu sein, nur nicht dort, wo sie der Masse bescheuerter Konsumenten zulächelten, Guten Tag Signora, Sie wünschen, Signora, Steht Ihnen ausgezeichnet, Signora, Danke, Signora, Auf Wiedersehen, Signora, Lecken Sie mich am Arsch, Signora, Ich würde Sie gerne auf dem Boden vögeln, bevor ich Sie bei lebendigem Leib verbrenne, Signora. Diese Zoobesuche lenkten mich ein wenig ab. Aber schon an der nächsten Straßenecke geriet ich an einen fliegenden Taschentuch-, Spülschwamm- oder Krimskramshändler ... Wahrscheinlich hatte ich gerade erst vor einer Stunde sein Aufenthaltsgesuch ausgefüllt ... Er lief mir nach, lief einem bißchen Geld nach, das er seinen zwölf in Algerien zurückgebliebenen Kindern schicken konnte, bitte Signore, bitte ein Feuerzeug, tausend Lire, bitte, und in meinem Kopf häuften sich wieder die Mohammed El Kharim El Idriss, geboren am 20. Juli 1962 in Casablanca, was war das für ein Tag gewesen, der 20. Juli 1962 in Casablanca? Hatte seine Mutter nach der Geburt vor Glück geweint oder aus Verzweiflung? Wehte in dieser Nacht der Wind in Casablanca?

6.

Zwischen zwei Aufenthaltsgesuchen erfuhren Pasquale und ich von der Möglichkeit, über einen Wettbewerb Datatypist bei der Stadt zu werden. Wer genommen wurde, mußte lebenslänglich nichts als Schwachsinn tippen, acht Stunden am Tag, von Montag bis Freitag, jahraus, jahrein. Klar, es war ein sicherer Job. In öffentlichen Institutionen gab es weder plötzliche Entlassungen noch Kurzarbeit. Das einzige Risiko war, daß man eines Morgens den eigenen Namen sogar auf das Tipp-ex schrieb.

Eine ganze Woche suchte ich nach Ausflüchten. Schließlich beschloß ich, es zu versuchen. Es war nicht mehr lange hin bis zu meiner Entlassung. Lange würde ich den üppigen Zivildienstsold nicht mehr beziehen.

7.

Unvermittelt veränderte sich Pasquales Einstellung gegenüber der Arbeit im allgemeinen und gegenüber Lupo im besonderen. Eines Freitags um fünf wollten wir gerade gehen, als Lupo unser Büro betrat. Unter dem Arm trug er die Aufenthaltsgesuche, die wir während der gesamten letzten Wochen bearbeitet hatten. Sie bildeten ein riesiges, beeindruckendes Paket. Es mußten zusammen zwei- oder dreitausend beidseitig bekritzelter Blätter sein.

»Jungs«, sagte er zu uns, »denkt daran, daß ich Montag mittag fünf Kopien von jedem Exemplar haben will.«

Ich wollte ihn einfach auslachen, aber Pasquale kam mir zuvor, zog die Jacke wieder aus und schrie:

»NEIN! ICH MACHE DIE KOPIEN JETZT GLEICH!«

Lupo und ich sahen uns verblüfft an. Mit einem Satz bemächtigte sich Pasquale der Beute.

»ICH KÜMMERE MICH DARUM! DANN HABEN WIR SCHON FÜR MONTAG VORGEARBEITET!«

8.

Die schriftliche Prüfung des Wettbewerbs rückte immer näher, sie war sozusagen auf der Zielgeraden.

Pasquale kam jeden Morgen früher ins CANE, damit er dem Chef den Schreibtisch aufräumen und ihm einen Kaffee machen konnte … Jeden Abend blieb er länger, um schon für den nächsten Tag vorzuarbeiten …

9.

Es war, als ob Lupo endlich die Sekretärin bewilligt bekommen hätte, die man ihm in Wirklichkeit seit Jahren verweigerte. Leider hatte Pasquale einen langen Bart und trug niemals Miniröcke und hohe Absätze. Oft brachte er jedoch geheimnisvolle Päckchen mit zur Arbeit. Ich hatte bemerkt, daß Lupo diese abends mit nach Hause nahm. Eines Nachmittags, als Pasquale auf der Toilette war, gelang es mir, eines der Päckchen zu öffnen. Ich achtete sorgfältig darauf, das Papier nicht zu beschädigen, und beäugte den Inhalt. Computerdisketten. Auf der ersten stand ARCHIV GESUCHE AUFENTHALTSGENEHMIGUNGEN BUCHSTABEN L–N. ORIGINAL. Auf dem zweiten las ich ARCHIV GESUCHE AUFENTHALTSGENEHMIGUNGEN BUCHSTABEN L–N. KOPIE NR. EINS. Auf der dritten entzifferte ich ARCHIV GESUCHE AUFENTHALTSGENEHMIGUNGEN BUCHSTABEN L–N. KOPIE NR. ZWEI. Ich ließ davon ab, die anderen Disketten zu untersuchen. Pasquale besaß einen PC, und Lupo hatte sich die Gelegenheit nicht entgehen lassen. Von jedem Gesuch existierten nunmehr zehn Kopien. Das CANE hatte zwar noch keinen Computer, aber man konnte ja nie wissen …

10.

Das Rennen ging um dreihundert Stellen als Datatypist. Beworben hatten sich dreißigtausend.

Am Wettkampftag kamen wir alle zur schriftlichen Überprüfung unserer Allgemeinbildung im Sportpalast zusammen. Jemand hatte die Sitzplatzgruppen alphabetisch unterteilt. Um mich herum saßen die unterschiedlichsten Leute. Hausfrauen, Bankangestellte, Arbeitslose, Dreißigjährige mit abgewetzten Hemdsärmeln und Hypotheken auf dem Häuschen, Provinzhuren, die es satt hatten, es praktisch für umsonst zu tun, Krüppel, Blinde, Zurückgebliebene, und alle hatten nur ein Ziel vor Augen: DIE FESTANSTELLUNG, den Posten, auf dem man für den Rest seines Lebens festgenagelt sein würde.

Als auch die restlichen neunundzwanzigtausendneunhundertneunundneunzig ihren Platz gefunden hatten und ich eigentlich nur noch auf den Einzug der beiden Mannschaften wartete, begann ein städtischer Angestellter mit der Inszenierung von Transparenz und Rechtmäßigkeit. Einem Mädel, das man zufällig aus denen auswählte, die mit entblößten Schenkeln in der ersten Reihe saßen, wurden die Augen verbunden. Dann ließ man sie einen von drei Umschlägen ziehen, um herauszufinden, auf welche Quizfrage wir antworten sollten, genau wie bei TeleMike. Die »Millionen«, die auf dem Spiel standen, würden sie uns im Fall des Sieges jeweils am Monatsende geben, damit wir überleben und bis ans Ende des nächsten Monats tippen konnten, Monat für Monat, Jahr für Jahr, und die ganze Zeit über wäre die Rente unsere einzige Hoffnung, vorausgesetzt, der Tod trat nicht vorher ein und holte einen in Form eines Gehirnschlages zwischen einer schriftlichen Anfrage wegen Toilettenpapier und der nächsten. Der Umschlag wurde geöffnet und die Fragen auf einen riesigen Bildschirm projiziert.

WAS SIND AUSTERN?

a) HERBSTBLUMEN

b) EIN HOHES KIRCHLICHES FEST

c) ESSBARE MEERESTIERE ...

Ich kreuzte den Buchstaben C auf dem Vordruck an, den man mir am Eingang ausgehändigt hatte.

WIE HOCH GENAU IST DER MONT BLANC?
a) 80.000 METER
b) 4810 METER
c) 197 METER...
Und das nannten sie »Prüfung der Allgemeinbildung«.

11.

Nach Abschluß der Prüfung verglich ich meine Antworten mit denen von Pasquale. Sie waren absolut identisch. Dann wurde das Ergebnis veröffentlicht. Mein Name stand auf Platz Nummer 1434. Pasquale thronte auf Nummer 278. Ich wurde nicht zur mündlichen Prüfung zugelassen. Er schon.

12.

Dann kam das Ende des Zivildienstes.

Fast zwei Jahre waren vergangen. All die Zeit hatte sich in einer langen Folge von Telefonaten und Fotokopien aufgelöst, als ob ich sie in Wirklichkeit nie erlebt hätte. Die Stunden, die Tage, die Wochen und sogar die Monate schienen mir wie Sand durch die Finger geronnen zu sein. Plötzlich wurde ich von einer namenlosen Angst überwältigt. Was hatte ich schon alles verpaßt, und was verpaßte ich noch in der Welt um mich herum? Welche Menschen traf ich nicht, welche Länder kannte ich nicht, auf welche Erfahrungen verzichtete ich und ahnte es noch nicht mal?

Diese zwei Jahre waren für immer vorbei, und der Rest meiner Jugend ebenfalls. Selbst wenn ich erst mit achtzig sterben sollte, hätte ich doch auf alle Fälle nicht lange gelebt. Ich verbrauchte etwas, was mir das Leben nie mehr wiedergeben würde.

Ich zog aus dem Zimmer aus und kehrte nach Hause zurück. Ich hatte keinen anderen Ort, an den ich gehen konnte.

13.

Zu Hause fand ich alles genau so vor, wie ich es verlassen hatte.

Die Katze gab Köpfchen. Meine Mutter weinte, als sie mich umarmte.

»Jetzt, wo du mit dem Zivildienst fertig bist, solltest du endlich an deine Karriere denken«, sagte mein Vater. Es hatte sich wirklich überhaupt nichts geändert.

Ein paar Tage lungerte ich zu Hause herum. Ich sah fern. Spielte mit der Katze. Hörte Musik. Las Hemingway und Bukowski. Ich begann Erzählungen zu schreiben. Es war schwer. Ich benötigte Stunden, um einen einfachen Satz oder auch nur ein Wort zu Papier zu bringen. Wenn ich es schaffte, wenn es mir gelang, eine Geschichte abzuschließen, fühlte ich mich gut nachher. Wenn ich mich im Spiegel betrachtete, erkannte ich mich fast nicht wieder, aber in diesen Geschichten schon. Schreiben – das war es, was ich im Leben machen wollte. Allerdings mußte ich mir meinen Unterhalt verdienen.

Eines Morgens entdeckte ich in der Zeitung eine ganzseitige Anzeige des ersten Turiner Büchersalons. Bis zur Eröffnung war es noch etwa einen Monat hin. Ich brauchte Geld. Vielleicht suchten sie ja noch Leute, dachte ich. Vielleicht würde ich auch den einen oder anderen Schriftsteller kennenlernen. Einen, der Lust hatte, meine Erzählungen zu lesen. Aber wer hatte schon Lust, sie zu lesen? Eine Weile saß ich still da und dachte darüber nach, ohne zu einem Schluß zu kommen. Wen interessierten schon meine albernen Geschichten?

Als ich ein paar Stunden später mit der Katze spielte, fiel mir ein, daß es an so einem Ort sicher rudelweise hübsche Mädchen geben würde. Ich beschloß hinzugehen.

14.

Das Vorstellungsgespräch fand an einem 2. Mai statt. Ich trug eine alte Jacke meines Vaters. Es war ziemlich heiß. Die Jacke war aus einem eher schweren Stoff, Schurwolle oder etwas in der Art, glaube ich. Ich schwitzte. Es war die einzige, die mir paßte, wenn man mal von den zu kurzen Ärmeln absah.

Der Manager, der zu beurteilen hatte, ob er mich einstellen sollte oder nicht, trug Armani, seine zur Schau gestellte Bräune war sehr *à la page*, und er hatte eine wirklich effiziente Ausstrahlung.

»Sie studieren?« fragte er mich.

»Philosophie«, antwortete ich.

»Wie viele Prüfungen haben Sie schon abgelegt?«

»Vierzehn«, sagte ich. Ich hatte nicht eine bestanden.

»Mit welchem Durchschnitt?«

»Einskommanull«, legte ich nach. »Genauer gesagt waren es zehn mit einskommanull und vier mit eins plus.«

»Ziemlich guter Durchschnitt«, lächelte er.

»Neulich habe ich eine Eins minus in Latein ausgeschlagen. Ich mache die Prüfung im Juni noch mal.«

Ich betete darum, daß er mein Studienbuch nicht sehen wollte. In dieser verfluchten Jacke schwitzte ich wie ein Walroß in der Sahara. Ich sah, wie er meinen Namen ans Ende einer Liste schrieb.

»Gut. Der Büchersalon wird in zwei Wochen eröffnet. Wir werden Sie anrufen und Ihnen den Termin mitteilen, an dem Sie sich bei unseren Kollegen einfinden sollen. Sie werden sich um die *reception* kümmern. Eine delikate Tätigkeit.«

»Danke«, sagte ich. Ich stand auf und gab ihm die Hand. Als ich sie wieder loslassen und gehen wollte, drückte er weiter. Ich begriff nicht.

»Wir sehen uns dann also während der Messe wieder, mein lieber Junge«, sagte er.

15.

Es handelte sich wahrhaftig um eine delikate Tätigkeit.

Wir an der *reception* des Büchersalons mußten den Fachbesuchern Köfferchen aus durchsichtigem Plastik überreichen. Als Fachbesucher galten Buchhändler, Verleger, Schriftsteller und Grossisten. Aber das Plastikköfferchen wollten alle haben, egal, was sie taten, denn auf der Messe betrachtete man sie als Statussymbol. Diejenigen, die eins ergattert hatten, liefen zwischen den Ständen umher und achteten darauf, daß es auch ja jeder sah. Sie stellten die Dinger fast demonstrativ zur Schau, wie eine Rolex oder einen Ferrari Testarossa. Natürlich mußte man sich an uns wenden, wenn man eins haben wollte. Und wie immer waren Lehrerinnen in allen Variationen die schlimmsten. Mir kam es so vor, als wäre ich wieder im CANE.

»Guten Tag, ich bin Lehrerin.«

»Guten Tag. Womit kann ich Ihnen dienen?« Trotz allem hoffte ich auf eine Ausnahme.

»Ich möchte so ein Plastikköfferchen.«

»Leider können wir Ihnen keins geben.«

»Und warum nicht? Jeder hat doch eins.«

»Wir geben die Köfferchen nur an Fachbesucher heraus.«

»Ich unterrichte an einer Mittelschule.«

»Ich verstehe. Aber Lehrerinnen fallen nicht unter die Fachbesucher.«

»UNERHÖRT! JEDER BEHANDELT UNS WIE DEN LETZTEN DRECK! DAS BILDUNGSMINISTERIUM UND NUN AUCH DIESER SCHEISS-BÜCHERSALON!«

»Es tut mit leid, Signora. Wenn wir allen Leuten auf dieser Veranstaltung das Köfferchen aushändigen würden …«

»ABER IHR HABT DOCH JEDEM DAHERGELAUFENEN EINS GEGEBEN!«

Wir hatten strikte Anweisung, mit niemandem zu streiten. Wir konnten sie nicht mal zur Hölle wünschen. Eine delikate Tätigkeit, außerordentlich delikat.

»Schauen Sie, in dem Köfferchen ist nur der Katalog. Wenn Sie wollen, geben wir Ihnen einen.«

»KATALOG! WAS FÜR EINEN KATALOG DENN! DAS KÖFFERCHEN WILL ICH!«

16.

An der *reception* waren wir zu acht, und jeder von uns befand sich am Rande des Nervenzusammenbruchs. Die Lehrerinnen gaben sich nicht geschlagen. Wenn sie die Schachtel aus durchsichtigem Plastik nicht von einem bekamen, versuchten sie es beim nächsten.

Jeder meinte, ein Anrecht auf das Köfferchen zu haben, sogar Nonnen und Metzger. Aber die Lehrerinnen brachen alle Rekorde. Manchmal rückten wir die verfluchten Dinger einfach aus Verzweiflung heraus. Es nutzte nichts.

»Hören Sie, ich bin Lehrerin.«

»Guten Tag. Womit kann ich Ihnen dienen?«

»Es ist so, vorhin hat mir einer Ihrer Kollegen dieses Plastikköfferchen gegeben. Aber es ist mir hingefallen und kaputtgegangen.«

»Tja, das kommt vor. Sie sind ein bißchen empfindlich.«

»Genau. Könnten Sie mir nicht vielleicht für dieses hier ein neues geben?«

Ab und zu ließ eine locker. Vielleicht eine Aushilfslehrerin oder eine Berufsanfängerin. Aber sie brauchten bloß eine Freundin oder eine Kollegin mit Köfferchen zu treffen.

»Hören Sie, ich bin Lehrerin.«

»Guten Tag. Womit kann ich Ihnen dienen?«

»Vorhin haben Sie mir erzählt, daß Sie Lehrerinnen keine Plastikköfferchen geben, richtig?«

»So ist es.«

»Ach, und wieso hat dann meine Kollegin eins?«

Natürlich war die andere Kuh mitgekommen, um den Sachverhalt zu bezeugen. Von mir aus hätte ich das Köfferchen jedem geschenkt, der es haben wollte. Aber leider waren diese verfluchten Teile praktisch abgezählt. Wenn wir bei den Lehrerinnen nachgegeben hätten, was hätten wir dann den Fachbesuchern geben sollen? Gut möglich, daß manche die Schriftstellerlaufbahn in der Hoffnung eingeschlagen hatten, eines Tages wenigstens ein Plastikköfferchen umsonst zu bekommen.

17.

Genau gegenüber der *reception* befand sich ein Zeitungsstand. Dort arbeiteten abwechselnd ein Typ und ein Mädchen. Ich hatte ein Auge auf das Mädchen geworfen. Der Typ hatte ein Auge auf mich geworfen. Sie sah sympathisch aus, rote Haare, grüne Augen und hübsche Titten. Bei dem ganzen Durcheinander mit den Köfferchen und Lehrerinnen hatte ich nicht mal Zeit, mir eine Zeitung zu kaufen. Manchmal begegnete ich allerdings ihrem Blick. Ich lächelte sie an. Hinter ihr lächelte der Typ freudestrahlend mich an.

18.

»Guten Tag, ich bin Lehrerin.«

»Guten Tag. Womit kann ich Ihnen dienen?« Komm her, daß ich dich in Stücke hacke, widerliche Schlampe, dachte ich.

»Vorhin hat mir einer Ihrer Kollegen dieses Köfferchen gegeben.«

»Es tut mir leid, aber wenn es kaputtgegangen ist, können wir es Ihnen leider nicht ersetzen. Anweisung von oben.«

»O nein, es ist nicht kaputt. Aber ich habe drei kleine Töchter.«

»Ja, Signora.« Bring sie nur her, die zerstückele ich gleich mit.

»Wenn ich mit einem Köfferchen nach Hause komme, werden sie sich darum zanken. Sie wissen ja, wie Kinder sind.«

»Ich weiß.«

»Könnten Sie mir nicht noch drei geben?«

»Drei? Also, eins haben Sie ja schon, und Sie haben mir eben gesagt, daß Sie drei Töchter haben.«

»Schon, aber auf mein eigenes will ich ja nicht verzichten. Gestern morgen ist die Direktorin mit einem von euren Plastikköfferchen ins Lehrerzimmer gekommen, und wir alle haben sie beneidet.«

Sie waren verrückt. Wir von der *reception* konnten die Lehrerinnen von den anderen Besuchern unterscheiden, noch bevor sie den Mund aufmachten. In ihren Augen flimmerte die Fata Morgana GRATIS-PLASTIKKÖFFERCHEN.

19.

Eines Nachmittags nach Dienstschluß ging ich an den Stand eines Mailänder Verlages. Pier Vittorio Tondelli signierte gerade sein neuestes Buch. Ich hatte noch nie etwas von ihm gelesen. Bei mir trug ich die zehn Erzählungen, die ich nach zwanzig Monaten Zivildienst geschrieben hatte.

Tondelli war von jungen Lesern umringt. Alle sprachen über seinen Roman. Er lächelte entspannt. Eigentlich wirkte er nicht wie ein Prominenter. Er plusterte sich überhaupt nicht auf. Ich wartete, bis er sich einer besonders geschwätzigen Verehrerin entledigt hatte und ging dann zu ihm hin.

»Hallo, ich heiße Walter.« Ich streckte ihm die Hand hin.

»Ciao, Walter«, lächelte er mich an und schüttelte sie. »Hast du auch ›Getrennte Räume‹ gelesen?«

»Ähm, nein, eigentlich wollte ich dich bitten, ein paar Geschichten von mir zu lesen. Natürlich nur, wenn du Zeit und Lust hast.«

Er lachte.

»Schreib deine Adresse auf den Umschlag. Ich werde sie lesen und dich wissen lassen, was ich darüber denke.«

»Ich würde gerne wissen, ob es sich lohnt weiterzuschreiben oder nicht.«

»Das kann ich dir nicht sagen. Du mußt selbst in dir spüren, was du machen willst. Ich werde dir aber sagen, ob deine Geschichten funktionieren.«

Ich hätte gerne noch weiter mit ihm gesprochen, aber die Menge seiner Fans umringte ihn von neuem. Mit der Brille sah er meinem Großvater ziemlich ähnlich, stellte ich fest. Er wirkte aufrichtig, ehrlich. Er sah nicht aus wie ein Erfolgsschriftsteller. Voller Hoffnung trabte ich von dannen.

20.

Am letzten Abend machten wir gerade Schluß, als das Mädchen vom Zeitungsstand auf mich zukam. Das Wort PLASTIKKÖFFERCHEN hämmerte in meinem Hirn, dennoch versuchte ich sie anzulächeln, wie Mickey Rourke vom Sattel seiner Harley Davidson es getan hätte. Sie lehnte sich mit allem, was sie hatte, an die Theke. Unter dem Kleid zeichneten sich die Nippel ab.

»Darf ich dich etwas fragen?« begann sie und wurde rot.

Die ist fällig, dachte ich.

»Schieß los, Schätzchen.«

»Ich habe die ganze Zeit bemerkt, daß du von der *reception* aus zu mir hergesehen hast, und da habe ich mir gedacht ...« Sie zögerte. Sie war schüchtern. Mein Blick hatte sie gebannt.

»Ja?« sagte ich und starrte auf ihre Nippel.

»Wärst du so lieb und besorgst mir eins von diesen Plastikköfferchen?«

5. Kapitel

1.

TOLLES AUTO, DICKES BANKKONTO, SCHICKE KLEIDUNG, EIN RUNDUM ANGENEHMES LEBEN! DAS ALLES HAST DU NICHT? KEIN PROBLEM: DU LEGST WERT AUF DEIN ÄUSSERES, DU HAST CHARISMA, EIN SYMPATHISCHES AUFTRETEN UND DEN WILLEN, DICH DURCHZUSETZEN, DU BIST NICHT ÄLTER ALS 26 JAHRE – DANN HAST DU ALLES, WAS DU ZUM START IN DEINE KARRIERE ALS HANDELSVERTRETER BENÖTIGST. SCHREIB UNS, ABER NICHT NUR DAS ÜBLICHE – BERICHTE ETWAS SYMPATHISCHES ÜBER DICH …

Ich saß im Fiorio vor einer heißen Schokolade, und dieses Inserat starrte mich aus dem Anzeigenteil an. Draußen schneite es. Meine Füße froren langsam aber sicher in den Leinenschuhen ein. Du legst Wert auf dein Äußeres … Charisma, sympathisches Auftreten … Berichte etwas Sympathisches über dich … Ein Lebenslauf reichte jetzt nicht mehr, sie wollten alles über dich wissen, damit sie dich besser ausnutzen konnten. Na ja, ich wollte ja auch alles über sie wissen. Wie hatten sie sich ein Unternehmen aufbauen können? Wie viele Leute beuteten sie mit Hungerlöhnen aus? Wieviel Steuern hinterzogen sie jährlich? Wen zogen sie in diesem Moment gerade über den Tisch? Hatten sie schon mal ihre Töchter mißbraucht? Hatten sie schon mal ihre Sekretärinnen vergewaltigt?

Am Tisch mir gegenüber unterhielten sich zwei nordeuropäisch aussehende Männer und ein asiatisches Pärchen. Einer der beiden Nordeuropäer mimte den Gastgeber. Ich vergaß die Stellenanzeige und hörte ihnen einfach zu, während ich hoffte, daß die heiße Schokolade mir endlich die Füße auftaute.

Wenn ich es recht verstand, war der Gastgeber Holländer. Er wohnte in Amsterdam und sprach englisch, französisch oder japanisch, wenn er sich an seine Gäste wandte. Beim Kellner dagegen hatte er auf italienisch bestellt. Nach dem, was er nicht auf japanisch sagte, zu urteilen, war er ein ausgezeichneter Kenner der Geschichte des Café Fiorio, des Risorgimento, des Marsala, der Zabaione, Garibaldis sowie Guiseppe Tomasi di Lampedusas und seiner Erzählungen. Ich sah ihn mir an. Er war blond. Er hatte einen Schnurrbart. Seine Haare begannen sich zu lichten. Er trug eine runde Brille mit Goldrand und war elegant gekleidet.

Unvermittelt ging er zu einer Beschreibung der Geschichte Mailands und seines Panettone über. Ich bekam plötzlich Lust, etwas zu tun, obwohl ich nicht wußte, was. Der Holländer verglich das Aroma von altem Marsala mit dem von Portwein. Er arbeitete beim Film. Er erwähnte Probleme mit der Produktionsfirma. Mein Problem war, daß ich kein Handelsvertreter werden wollte. Mir fiel absolut nichts Sympathisches ein, das ich über mich berichten konnte. Ich sprach kein japanisch. Ich lebte nicht in Amsterdam. Mir war es nie in den Sinn gekommen, Marsala mit Portwein zu vergleichen. Ich konnte nichts Genaues über die Geschichte des Café Fiorio berichten, obwohl ich schon Jahre hierherkam. Ich war in Sizilien gewesen, aber von Tomasi di Lampedusa kannte ich nur den ›Leoparden‹, und ich wußte nichts von den Erzählungen, in denen er das Lokal erwähnte, in dem ich saß. Ich hatte meine Zeit mit unnützen und hohlen Dingen vertan. Indem ich ziellos durch die Stadt lief. Indem ich versuchte, junge Zeitungsverkäuferinnen zu verführen. In der Disko. Vor dem Fernseher. Mit Videospielen. Indem ich bis mittags schlief. Jahraus, jahrein.

Ich trank die Schokolade aus. Einer der beiden Japaner sagte gerade, daß sein Film bald herauskommen würde. Er wartete auf eine entsprechende Nachricht aus New York, wo er Film an der Universität studierte. Ein kleiner gelber Japaner mit plattem Gesicht und ohne jede Ausstrahlung. Studierte in New York. Drehte Filme. Das war zuviel.

Ich stand auf, zahlte und ging. Am nächsten Kiosk kaufte ich mir die letzte Nummer des ›Hustler‹. Ich rannte nach Hause und onanierte.

2.

Weihnachten kam. Ich hatte keine einzige Lira mehr für Geschenke übrig. Dafür hatte ich aber auch niemanden, dem ich welche hätte machen können. Allein und ohne Geld – das war eigentlich die perfekte Lösung, um nicht in den unerschöpflichen geheiligten Massenkonsumismus hineingezogen zu werden. Die hohen Feste – und darüber hinaus auch die nicht so hohen Feste und jeder einzelne Sonntag im Laufe eines Jahres – deprimierten mich. Alle Leute sahen aus, als ob sie sich königlich amüsierten, wohingegen ich nicht wußte, was ich tun sollte, und mich schließlich vor dem Fernseher oder zwischen den Kopfhörern meines Sony volldröhnen ließ. Der Prototyp der frustrierten Hausfrau. Wahrscheinlich sollte ich eigentlich als frustrierte Hausfrau auf die Welt kommen, und die Wurzel meines Problems lag in einer genetischen Fehlprogrammierung während meiner Zeugung. Wenn ich mich mit meinem leeren Lebenslauf konfrontierte, verfiel ich in eine Verwirrung, die ihre Ursache in meiner nicht vorhandenen Identität hatte. Wer war ich, was suchte ich, wohin wollte ich? Ich begriff es nicht. Ich hatte es nie genau begriffen. Das einzige, bei dem ich mich eins mit mir fühlte, war schreiben. Ob Tondelli wohl meine Erzählungen lesen würde? Aber mit Geschichtenschreiben konnte man sich nicht über Wasser halten.

3.

Die Straßen platzten aus allen Nähten, überall waren Besessene, die nur ein Programm in ihrem Hirn gespeichert hatten: DAS DREIZEHNTE MONATSGEHALT IN WEIHNACHTSGESCHENKE UMSETZEN. TeleMike hatte gute Arbeit geleistet. Und dabei war er nur einer der unzähligen Replikanten des weltweiten Großen Fernsehbruders. Die Gesellschaft wurde über Waschmittel, Mountain-Bikes und Damenbinden mit Hilfe der Massenmedien in Schach gehalten.

Eines Abends erkannte ich Enza, die an einem Halteverbotsschild in der Via Carlo Alberto lehnte. Sie sah fertig aus, kreidebleich und abgemagert. Als sie mich bemerkte, lächelte sie mich an, aber schon vorher, bevor ich sie in der Menge aus Geschenken, Fettsucht, psychosomatischen Ausbrüchen, Neurosen und Toxinen erreichte, hatte ich gesehen, wie sie ins Nichts lächelte.

»He, Walter«, sagte sie, »weißt du, was Ciccio mir zu Weihnachten geschenkt hat?«

»Nein. Was hat er dir denn geschenkt?«

Aus der rechten Jackentasche zog sie ein in Stanniol gewickeltes Tütchen.

»Allerfeinster Stoff. Ist das nicht lieb?«

»Na und ob. Was macht ihr heute abend?«

»Wir gehen in die Disko.«
»Und morgen?«
»Gehen wir in die Disko.«
»Habt ihr schon etwas Besonderes für Silvester geplant?«
»Ich schätze, wir werden in die Disko gehen.«
»Verstehe.« Ich hielt es für angebracht, das Thema Karneval nicht anzusprechen.

4.

Der 31. Dezember ging mit den üblichen Festivitäten vorüber. Wegen der Knallerei kam ich kaum zum Schlafen. Daß die Leute Böller warfen und Sekt tranken, war keineswegs ein Beweis für Scharfsinn. Denn auf das neue Jahr würde man selbst anstoßen, wenn das Jahr, das da gerade zu Ende ging, wirklich wunderbar gewesen sein sollte. Für viele war es das ja tatsächlich gewesen. Insbesondere für die Reichen, die Spekulanten und die Geschäftemacher. Für sie lief es immer besser. Das Ozonloch führte zu mehr Hautkrebserkrankungen in der Karibik? Geht mich doch nichts an, fahren wir eben woanders hin, wie wär's mit einem phantastischen Urlaub auf den Malediven: Das war ihre *Weltanschauung*.

Morgens las ich in der Zeitung die Stellenangebote, doch der Arbeitsmarkt hatte nicht viel zu bieten. Die Firmen suchten Megatopmanager oder superspezialisierte Facharbeiter. Ansonsten handelte es sich um Vertreterjobs. Viele Annoncen versuchten in Wahrheit nur, dem nächstbesten Naivling einen Computerkurs aufzuschwatzen. So kam es, daß manche Leute nicht nur keine Arbeit fanden, sondern auch noch aus eigener Tasche eine Reihe von Veranstaltungen bezahlen mußten, die ihnen nie und nimmer irgend etwas im Leben nützen würden.

Unterdessen kam mein Vater auf Touren, er näherte sich wieder dem Siedepunkt.

»In seinem Alter haben sich die meisten schon eine Position erarbeitet, übernehmen Verantwortung und verdienen einen Haufen Geld«, sagte er zu meiner Mutter, während ich frühstückte.

Sie ging einkaufen, ohne etwas zu erwidern.

5.

Ich weiß nicht, wie es kam, daß ich schließlich bei einem Elektriker arbeitete. Er hieß Franco und sah mehr oder weniger aus wie vierzig. Eigentlich war er bei der staatlichen Elektrizitätsgesellschaft angestellt, aber außerhalb seiner Dienstzeit baute er elektrische Anlagen in Privathäuser ein. Er wettete und verlor beim Pferderennen, so daß er auf ein Zweiteinkommen angewiesen war.

»Ich brauche einen Schlitz in dieser Wand, von der Decke bis zum Boden«, sagte er zu mir.

Mit Schlitz meinte er die Furche, in die die Röhre für die Lichtkabel eingelassen wurde. Man mußte die Ziegel aufmeißeln, ohne sich mit dem Hammer auf die Finger zu hauen. Wir malochten von sechs Uhr abends bis Mitternacht oder zwei Uhr morgens. Seine Renntips gab er tagsüber während der regulären Arbeitszeit ab. Das Problem waren weniger die Ziegelsteine als die Abschnitte aus Stahlbeton. Stahlbeton war ausgesprochen hartnäckig, und wenn man ihn aufmeißelte, spritzten einem spitze Splitter in die Augen. Manchmal bauten wir eine elektrische Anlage in einem Keller oder einer Garage ein, deren Mauern ganz aus Stahlbeton waren. Beim Kabeleinziehen witzelte Franco. Den Meißel faßte er nicht an. Ich fluchte. Nach einer Woche waren meine Hände mit blauen Flecken und blutigen Blasen übersät.

»Wirst schon sehen, du kriegst auch noch Schwielen, nachdem du dein Leben lang nur studiert hast«, lachte Franco.

Am Monatsende erwähnte er mit keinem Wort meinen Lohn. Ich wartete ein paar Tage ab, dann fragte ich ihn danach.

»Ich brauche das Geld«, sagte ich zu ihm.

»Klar«, antwortete er mir. »Entschuldige, ich hab's wirklich vergessen.«

Er zog sein Portemonnaie aus der Hose und hielt mir drei Hunderttausend-Lire-Scheine hin. Das war die Vergütung für einen Monat Schwarzarbeit. Ich nahm das Geld mit meinen blasenübersäten Händen.

»Ich geh mal eben Zigaretten holen«, sagte ich.

»Aber du rauchst doch gar nicht.«

»Bin gleich wieder da.«

Ich kam nicht wieder. Ich wußte, daß er spät dran war und daß es bis zur Abnahme nicht mehr lange hin war. Ich hoffte, daß ich ihn in der Scheiße sitzen lassen würde. Aber Arbeitslose gab es viele. Es würde sich schon ein Ersatz für mich finden.

6.

Für einen Teil des Geldes füllte ich eine Reihe Tototippscheine aus. Jede Woche wurde jemand Millionär. Warum sollte nicht mal ich der Glückliche sein? Den ganzen Sonntagnachmittag hing ich vor dem Radio und verfolgte die Live-Übertragung. Ich hatte einen Vierer, ein paar Fünfer und einen Siebener. Ich hatte nicht nur nichts gewonnen, sondern auch das eingesetzte Geld verloren.

Am nächsten Morgen schrieb ich Bewerbungen an eine ganze Latte von Firmen. Nach einem Monat kamen gerade mal zwei Antwortschreiben: von der Air France und von Martini & Rossi. Erstere hatte ich angeschrieben, weil ich dachte, daß ich dann in Paris leben würde. Die letztere, weil mir die Werbespots für Martini gefielen und ich dachte: Wer weiß, mit ein bißchen Glück komme ich vielleicht in der Werbe- und PR-Abteilung unter. Sie mußten ja wohl auch jemanden bezahlen, der die Models für die Plakate aussuchte.

7.

Der Mann von der Personalabteilung der Air France war ein Franzose mit Schnäuzer in blauem Yves-Saint-Laurent-Zweireiher. Er hatte einen nervösen Tic am rechten Auge, der sein Gesicht kurz, aber heftig entstellte.

»Wie kommen Sie auf die Idee, für die Air France arbeiten zu wollen?«

»Ich reise gerne.«

»Die Air France ist aber kein Feriendorf.«

»Ich weiß. Aber hier arbeiten ja wohl nicht nur Buchhalter.«

Der Tic zerriß sein Gesicht und verwandelte es für ein paar Sekunden in einen Picasso.

»Ich bin Buchhalter«, sagte er zu mir, nachdem die Attacke überstanden war.

Mit drei Sätzen hatte ich's mir mit der Air France verscherzt.

8.

Der Termin bei Martini & Rossi war für den nächsten Tag anberaumt. Der Mann von der Personalabteilung war ein Italiener mit schmalem Schnäuzer in blauem Valentino-Zweireiher. Er hatte einen ziemlich heftigen Tic am linken Nasenflügel.

»Sie wollen also für uns arbeiten«, sagte er und warf dabei einen Blick auf den Lebenslauf, den ich der Bewerbung beigelegt hatte.

»Ja.«

»Sie haben aber bis jetzt keine einschlägige Berufserfahrung vorzuweisen, richtig?«

»Nein.«

»Unserer Firmenpolitik folgend, interessieren uns nur Kandidaten mit wenigstens zwei Jahren Branchenerfahrung.«

»Verstehe. Das habe ich in vielen Zeitungsannoncen gelesen. Das Problem ist nur, wenn man nicht irgendwann mal bei irgendwem anfängt, dann bekommt man die zwei Jahre Berufserfahrung unmöglich zusammen.«

Der Tic des linken Nasenlochs verwüstete seine Gesichtszüge und reduzierte sie zu einem Mondrian.

»Wir sind nicht IRGENDWER, mein Herr. Wir sind Martini & Rossi.«

Damit war auch das Kapitel Werbung abgeschlossen.

9.

Ich rief im CANE an. Ich weiß nicht recht, ich hoffte wohl auf eine Art Revision. Womöglich hatte die Stadt beschlossen, statt dreihundert dreitausend Datatypisten einzustellen. Pasquales Stimme antwortete mir.

»Was machst du denn noch da?«

»Maschineschreiben.«

»Haben sie dich tatsächlich genommen?«

»Ähm, tja, weißt du, dank Lupos Fürsprache …«

»Und die Rangfolge?«

»Welche Rangfolge?«

»Na, die vom Wettbewerb.«

»Ach, die. Die gilt nicht mehr. Das heißt, sie haben dreihundert eingestellt und Schluß. Und wie geht's dir?«

»Ich habe elf Richtige im Toto.«

»Im Ernst?«

»Jetzt ruhe ich mich erst mal ein wenig aus, und dann überlege ich mir, wie ich mein Kapital anlegen soll.«

10.

Plötzlich fiel mir auf, daß die Stadt voller Penner, alter Leute und Bettler war, die in den Abfallkörben nach Eßbarem suchten. Es gab Leute, denen es noch dreckiger ging als den Scheibenputzern an den Kreuzungen oder den Teppich- und Tempoverkäufern. Selbst bei den ärmsten Schluckern konnte man kleine, aber entscheidende Unterschiede ausmachen. Wer zum Beispiel auf der Straße lebte und eine Matratze besaß, der hatte wenigstens etwas Anständiges, worauf er schlafen konnte. Die anderen mußten sich mit Zeitungen oder Kartons begnügen.

11.

Schließlich fand ich eine Stelle. In der Anzeige hieß es: BIETE KARRIERE IN DER FASZINIERENDEN WELT DER BÜCHER. Mit der faszinierenden Welt der Bücher war eine Buchhandlung gemeint. Sie hieß Liberty Books and Arts. Die Besitzerin wollte ihrem Laden einen raffinierten und exklusiven Touch geben. Statt mit einem Hund lief sie mit einem Gürteltier namens Cassio herum. Ich stellte fest, daß ich Gürteltiere nicht mochte. Sie lauerten einem überall auf, schlimmer als Perserkatzen, und hielten nicht eine Minute still. Signorina Alberta rief ihren Pseudohund Cassietto. Ohne ihr plumpes und stinkendes Scheiß-Gürteltier ging sie nicht aus dem Haus. Also mußte auch ich mit dem Viech zusammenleben. Fünfzig Stunden die Woche.

Am ersten Arbeitstag erklärte mir *Miss* Alberta, daß ich mich an die Dienstvorschriften zu halten hätte. Sie gab mir ein Exemplar zu lesen.

12.

Dienstvorschriften

VERSTÖSSE UND DISZIPLINARMASSNAHMEN

In Übereinstimmung mit der geltenden Gesetzeslage werden nachfolgend die Handlungen aufgelistet, die einen Verstoß gegen die Dienstvorschriften darstellen. Im Anschluß daran werden die Maßnahmen aufgeführt, die der Schwere des Verstoßes entsprechend angewandt werden können. Falls in den zwei Jahren vor der festgestellten Verfehlung schon einmal andere Disziplinarmaßnahmen angedroht worden sind, kann eine Vorschrift angewandt werden, die über die ursprünglich vorgesehene Höchststrafe hinausgeht, auch wenn die vorangegangenen Maßnahmen sich auf Verstöße anderer Natur bezogen haben.

VERLETZUNGEN DER VOM ARBEITNEHMER EINGEGANGENEN VERPFLICHTUNGEN

Nichtbeachtung der Arbeitszeit.

Verlassen des Arbeitsplatzes ohne stichhaltigen Grund oder ohne ausdrückliche Erlaubnis.

Tätigkeiten, die nicht mit der Arbeit vereinbar sind wie schlafen, spielen usw.

Verhalten und Tätigkeiten auch außerhalb der Arbeitszeiten, die den Arbeitsablauf stören.

Nachlässigkeiten, Versäumnisse oder absichtliche Trödelei im Dienst.

Nichtbeachtung der Benachrichtigungspflicht des Arbeitgebers bei Fehlen wegen Krankheit oder aus anderen Gründen.

Nichtbegründetes Fernbleiben auch bei weniger als drei aufeinanderfolgenden Tagen.

Die oben genannten Verstöße können mit schriftlicher Abmahnung, Geldbuße oder Beurlaubung geahndet werden.

VERSTÖSSE GEGEN DIE BESTIMMUNGEN ÜBER DEN ARBEITSABLAUF UND DIE ARBEITSDISZIPLIN

Kritik an den Anweisungen von Vorgesetzten.

Weigerung, eine obliegende Arbeit auszuführen oder bei der Ausführung die Anweisungen der Vorgesetzten zu befolgen.

Unerlaubte Verrichtung von Arbeiten, die nicht den zugewiesenen Arbeitsbereich betreffen.

Unerlaubte Anwesenheit in Abteilungen oder Büroräumen, die nicht zum eigenen Arbeitsbereich gehören.

Weigerung, sich einer Kontrolle aller anvertrauten Gegenstände, Werkzeuge und Arbeitsgeräte zu unterwerfen.

Schwere Unfolgsamkeit gegenüber Vorgesetzten.

Die oben genannten Verstöße können mit schriftlicher Abmahnung, Geldbuße, Beurlaubung oder Entlassung geahndet werden.

VERSTÖSSE GEGEN ALLGEMEINE UMGANGSFORMEN

Unzivilisiertes oder ungebührliches Verhalten, das die Moral und die Hygiene gefährdet.

Streitigkeiten mit anderen Mitarbeitern in der Arbeitszeit.

Streitigkeiten, die zu Tätlichkeiten führen.

Schlägereien oder andere schwerwiegende Gewalttätigkeiten gegen Personen.

Offensichtliche Trunkenheit während der Arbeitszeiten.

Die oben genannten Verstöße können mit Beurlaubung oder Entlassung geahndet werden.

VERLETZUNG DER TREUEPFLICHT GEGENÜBER DEM ARBEITGEBER

Ausübung von Arbeiten innerhalb des Firmengeländes auf eigene oder Rechnung Dritter.

Unbefugte Mitnahme betriebsfremder Personen auf das Firmengelände.

Ausübung von Tätigkeiten zum Ziel des Gelderwerbs während krankheitsbedingter, unfallbedingter oder dienstbedingter Abwesenheit.

Unregelmäßigkeiten beim Ausfüllen von Arbeitsunterlagen zum Zwecke der Vermehrung der Quantität und/oder Qualität der geleisteten Arbeit.

Unbefugter Gebrauch firmeneigener Arbeitsgeräte.

Simulierung von Arbeitsunfällen.

Wegnahme von Firmeneigentum zum eigenen Gebrauch.

Die oben genannten Verstöße können mit Beurlaubung oder Entlassung geahndet werden.

STRAFRECHTLICH RELEVANTE VERGEHEN

Diebstahl.

Betreiben von Glücksspiel

Andere Delikte, die eine Fortsetzung des Arbeitsverhältnisses untragbar machen.

Die oben genannten Verstöße können mit Entlassung geahndet werden.

Miss Alberta ihrerseits war sehr darum bemüht, ihren Verpflichtungen als Arbeitgeber nachzukommen, indem sie mich schwarz einstellte – ohne Arbeitsvertrag, ohne Sozialversicherung und mit einem Gehalt, das geringer war als der staatlich festgesetzte Mindestlohn.

13.

Signorina Alberta gab vor, siebenundvierzig Jahre alt zu sein, aber sie mußte mehr auf dem Buckel haben. Tagsüber erhielt sie Besuche ganzer Rudel schmuckbehängter Freundinnen, alten, wüst angemalten Schachteln; als ob man noch im letzten Stadium des Gewebezerfalls der Chanel-Werbung ähneln könnte.

Miss Alberta redete mit ihren Freundinnen über nichts anderes als ihr bescheuertes Gürteltier. Ich hörte sie von der Leseecke neben dem Salon aus kreischen, während sie Tee und Rosinenkuchen zu sich nahmen oder dicke Gläser Portwein in sich hineinkippten.

»Cassietto ist heute müde!«

»Ach nein, der Ärmste …« Als anständige Ex-Achtundsechzigerinnen waren sie im allgemeinen mit superreichen Zahnärzten, Architekten oder Anwälten verheiratet und lebten in Villen, in denen es vor wilden Tieren nur so wimmelte, aber bisher hatte keine ein Gürteltier besessen.

»Er hat seiner Mama dabei geholfen, einen Scheck auszufüllen!«

»Oh, wie klug!«

»Hast du gehört, Cassietto? Giogina hat dir ein Kompliment gemacht. Sag danke zur Tante!«

Das Gürteltier winselte. Stundenlang ging es so weiter. In der Zwischenzeit mußte ich mich um Kunden, Lieferanten, Wahnsinnige, Ladendiebe, Postboten und Drogensüchtige kümmern … Cassietto schien völlig verblödet zu sein. Sie hatten ihm eine Gehirnwäsche verpaßt. Wahrscheinlich glaubte er mittlerweile selbst daran, daß er der Sohn der Signorina Alberta war. Es mußte nur ein Buch aus dem Regal fallen, und schon begann der Idiot ein Gejaule, als ob man ihn gerade bei lebendigem Leib mit Benzin übergossen und angezündet hätte. Er verkroch sich unter einem Tisch. Er mußte eine überbehütete Kindheit gehabt haben.

»Cassietto! Was hast du denn?« plärrte seine »Mama«, die genau in diesem Moment – während ich die Schaufenster neu dekorierte und ein Bote zwanzig Kartons mit Neuerscheinungen ablieferte und zwei Kunden nach einem Buch über Bonsai und einem über Lofts fragten und ein Typ die Luxusausgabe der Ilias in seiner Jacke verschwinden lassen wollte und das Faxgerät keine Lust hatte zu funktionieren – am Telefon stand und ein wahnwitzig teures Kleid in Mailand oder bei Top Ten bestellte, dem teuersten Laden der ganzen Stadt.

»Er muß sich erschrocken haben, weil jemand ›Der Ring des Königs Salomo‹ hat fallen lassen, Signorina.«

»Cassietto, Liebling, nicht weinen. Komm zur Mama.«

Die Mittfünfzigerin hob ihn hoch. Mit seinem erloschenen Blick starrte er auf ihre Brille und klemmte den Schwanz ein.

»Hilf der Mama beim Telefonieren«, sagte sie zu ihm.

14.

Glücklicherweise mußte ich zwei-, dreimal am Tag den Laden verlassen, um Bücher auszuliefern. Viele unserer reichen Kunden hatten keine Zeit oder Lust, die Buchhandlungen abzuklappern. Sie riefen bei uns an und bestellten, was weiß ich, zwanzig oder dreißig Bände über englische Gartenbaukunst zur Ansicht. Die Chefin rieb sich die Hände. Es handelte sich ausschließlich um Luxusausgaben, die manchmal sogar im Ausland bestellt werden mußten und in jedem Fall teuer waren. Oft tat sie so, als ließe sie der betreffenden Kundschaft etwas vom Preis nach. In Wirklichkeit verdoppelte oder verdreifachte sie systematisch den Preis, der auf den Umschlägen der importierten Bücher angegeben war, so daß besagter Preisnachlaß nichts als ein mit zehn Prozent rabattierter Diebstahl war. Komisch, aber die Kunden, die es zufällig einmal in eine andere Buchhandlung verschlug, die dieselben Bücher führte, wurden bei uns im Laden nie mehr gesehen. Aber wer die Bücher ins Haus geliefert haben wollte, der wurde nach Strich und Faden bestohlen. Jetzt verstand ich, wie gewisse Leute es anstellten, sich bei Top Ten einzukleiden.

15.

Auf die Lieferscheine schrieb ich eine Liste der Autoren, Titel und Verlage und fügte die entsprechenden verdreifachten Preise hinzu. Jeweils eine Kopie blieb bei uns. Als alte Diebin traute die Chefin niemandem über den Weg. Auch die Reichen konnten ab und zu vergessen, ein Buch zurückzugeben oder zu bezahlen.

Glücklich darüber, Cassietto samt Mama im Geschäft zurücklassen zu können, klemmte ich mich hinters Steuer und stürzte mich in den Verkehr. Die Buchhandlung lag im Zentrum, und die Wagen schlichen unmerklich von einer Ampel zur nächsten. Durch die Scheiben warfen sich die Autofahrer haßerfüllte Blicke zu. Irgendwer brachte immer den Verkehr zum Erliegen. Ein Umzug, ein Handtaschendiebstahl, ein Raubüberfall oder ein Unfall genügt. Ein Klassiker war die von einem Falschparker auf den Gleisen blockierte Straßenbahn. Alle flippten aus und fluchten, während sie in der Hitze festsaßen, mitten im giftigen Gestank der Auspuffgase und im ohrenbetäubenden Lärm der Hupen, Stereoanlagen und Motoren. Mir war das alles scheißegal.

Miss Alberta mußte mich sowieso bezahlen, egal ob ich eine, drei oder vier Stunden brauchte. Auch unseren reichen Kunden war das ganz elegant scheißegal. Sie gehörten nicht zu dem Typ Leute, die durch den Verkehr ein Magengeschwür bekamen oder einen Nervenzusammenbruch erlitten. Ihnen standen Fahrer, Leibwächter und Bedienstete zur Verfügung. Die Bücher oder die Nutten ließen sie sich ins Haus kommen, die Cleverles, während sie einen J&B schlürften oder sich zwei hübsche Lines Koks reinzogen, damit keine Langeweile aufkam. Von wegen tablettweise »Rocher«.

16.

Inzwischen hatte ich auch mein Studium wieder aufgenommen. Ich belegte das neue Seminar über Geschichte der Philosophie zwischen ein und drei Uhr nachmittags, und ich mußte mir ein Bein ausreißen, um nicht zu spät aus der Mittagspause zurückzukommen. Mein Mittagessen bestand aus einem Schinkensandwich in der Seminarpause. Eines Tages war der Professor ohne Begründung nicht erschienen, so daß ich in der Uni war, ohne etwas Bestimmtes zu tun zu haben. Also beschloß ich, mich ins Atrium zu setzen. In diesem Jahr war Ralph Lauren der Modedesigner *en vogue*. Über einhundertvierzehn Ralph-Lauren-Kleidungsstücke hatte ich schon gezählt, als sich einige dieser Kleider aus der Herde lösten und auf mich zukamen. Sie gehörten zu Castracan.

»Ciao, Walter. Was machst du denn hier?« fragte er mich. Über einem Hemd und einer Krawatte von Ralph Lauren trug Castracan einen Ralph-Lauren-Anzug. Seine Füße steckten in Ralph-Lauren-Mokassins. Bart, Lederjacke und Palästinensertuch waren verschwunden.

»Ich belege ein Seminar in Philosophie, aber das ist heute ausgefallen. Und du? Bist du noch bei der *Pantera*?«

»Gott bewahre«, sagte er. »Was für Typen. Eine einzige Enttäuschung. Total unorganisiert.«

Castracan wurde vom Klingeln eines Handys unterbrochen. Sein eigenes. Er griff in die Sakkotasche.

»Ja? Ciao, ich bin in der Uni. Was sagst du? Eine ganze Ladung Scuba-Swatches direkt aus der Schweiz? Großartig. Damit wäre der Urlaub in Thailand ja wohl geritzt.«

Er verstaute das Handy und lächelte mich an.

»Entschuldige, aber ich muß jetzt gehen. Ich werde in den Hügeln erwartet.«

Er verabschiedete sich nicht und gab mir auch nicht die Hand. Er vereinigte sich einfach wieder mit der Ralph-Lauren-Herde, aus der er gekommen war.

17.

Eines Abends mußte ich nur noch eine Lieferung in der Crocetta machen. Die letzte des Tages. Ich fuhr falsch herum durch eine Einbahnstraße, überquerte eine baumbestandene Hauptstraße, konnte im letzten Moment einem Transvestiten ausweichen und bog mit Höchstgeschwindigkeit in eine Privatstraße ein. Zu beiden Seiten lagen traumhafte Residenzen mitsamt Wachhunden. Nach wenigen Metern hielt ich vor einem Tor an. Es schien das richtige zu sein. Ich hatte die furchtbare Angewohnheit, mir nie die Hausnummern der Adressen aufzuschreiben, an die ich die Bücher liefern sollte. Dazu kam, daß gewisse Leute partout nicht den eigenen Namen auf das Klingelschild schreiben wollten.

Ich stieg aus dem Auto und klingelte. Aus der Gegensprechanlage heraus prüfte mich eine Videokamera. Um diese Uhrzeit, wußte ich, sah mein Gesicht immer nach ›Clockwerk Orange‹ aus.

»Ja bitte?« fragte mich die unsichere Stimme eines philippinischen Hausmädchens.

»Ich komme von Liberty, der Buchhandlung. Ich habe die Bücher dabei, die die Signora bestellt hat.«

Das Tor öffnete sich automatisch. Am Ende einer Allee erhob sich eine große Villa. Mit dem Gesamtwerk Robert Mapplethorpes in meinen Tragetaschen betrat ich den Besitz.

»Kommen Sie nur weiter.« Die Bedienstete war auf der Schwelle des Hauses erschienen. Mit einem Satz stürzte ein riesiger Dobermann auf mich zu. Seite an Seite liefen wir die Allee entlang. Ich spürte, daß er die ganze Zeit meine Eier beschnüffelte. Hoffentlich hatten sie keinen allzu einladenden Geruch. Vielleicht war das Schwitzen im Verkehr diesmal ja zu etwas nütze.

»Treten Sie ein«, sagte das Dienstmädchen, als ich die Tür erreichte und in Sicherheit war. Sie trug eine Art blaue Uniform. Kragen und Schürze waren weiß. Mit Sicherheit war auch sie eine dieser Frauen, die einen Doktor in Atomphysik hatten und als Putzfrauen in Italien oder den USA endeten.

Wir gingen eine breite Marmortreppe hinauf. Das Haus war geschmackvoll eingerichtet worden. Wir durchquerten ein Labyrinth aus Zimmern und Fluren. Überall sah man die Dinge, mit denen sich die Reichen an solchen Orten für gewöhnlich umgaben. Gobelins, Antikmöbel, moderne Kunstwerke, Teppiche. Allererste Ware. Ab und zu kam einer wie ich aus seinem Zweizimmerloch mit Abtritt und fand bestätigt, daß nicht alle auf dieser Welt dieselbe Scheiße fressen. Ich erkannte einige Skulpturen wieder, die ein Freund der Signorina Alberta angefertigt hatte. Arte povera hatte man das anfangs genannt. Heute wurde so etwas im ›Capital‹ quotiert und stand für Raffinesse, Kultur, Weltläufigkeit.

18.

Die Hausherrin befand sich in ihrem Atelier. Sie malte.

»Guten Abend«, sagte sie zu mir. »Ich mache eben noch zwei Pinselstriche, dann bin ich für Sie da.«

»Aber bitte.« Sie war eine Rothaarige vom Typ Kelly LeBrock, aber jenseits der Dreißig, mit gerichteter Nase. Vielleicht war sie auch schon geliftet.

»Ich lechze förmlich nach diesen Büchern«, seufzte sie. »Legen Sie sie ruhig irgendwohin, wenn Sie einen freien Platz finden können.«

Tatsächlich war es gar nicht so leicht, eine Fläche ausfindig zu machen, auf der ich die Taschen abstellen konnte. Alles war voller Farben, Staffeleien, Pinsel, Lappen und Bilder. Es wimmelte nur so von Bildern, auf dem Boden, auf den Stühlen, auf den Tischen, an den Wänden. Es handelte sich ausschließlich um Porträts von Hunden. Laufende Hunde, springende, spielende, fressende. Aha, dachte ich, noch so ein Fan dieser Photographien, auf denen FIAT-Agnelli seine Huskies streichelt. Sie lächelte mir zu.

»Also, was sagen Sie zu meinen Bildern?«

»Ich persönlich mag Katzen lieber.«

»Und ich bin verrückt nach Hunden.«

»Das habe ich bemerkt.«

»Ich male nur meine eigenen Hunde, wußten Sie das?«

»Im Ernst?«

»Leider kann ich sie nicht alle hier in der Stadt halten. Man kann die Tiere nicht auf wenigen Quadratmetern vegetieren lassen, finden Sie nicht auch?«

»Absolut.« Ich war sicher, daß die Philippinin auch zugestimmt hätte.

»Ein paar habe ich leider verkaufen oder verschenken müssen.«

»Ach ja?«

»Sie wissen ja nicht, wie eifersüchtig sie aufeinander werden können, wenn sie ihr Herrchen lieben. Schlimmer als die Menschen. Alles in allem sind Hunde aber besser als Menschen.«

Sie hörte mit dem Malen auf, und ich hielt ihr die Quittung hin.

»Ich weiß, wovon ich spreche. Hunde sind viel besser als Menschen. Viel besser.«

Sie unterschrieb die Quittung und gab sie mir zurück. Ich wollte mich verabschieden, doch sie hielt mich zurück.

»Mir fällt gerade ein, daß ich Ihnen noch einige Bücher mit zurückgeben kann. Warten Sie einen Augenblick, ich hole sie und gebe sie Ihnen mit.«

»Wie Sie wollen«, sagte ich achselzuckend.

Sie verschwand. Ich ging zu dem Fenster, das auf den Park hinausging. Auf die Fläche von wenigen Quadratmetern, wie sie sich ausgedrückt hatte. Zwischen den Bäumen sah man einen Swimmingpool und zwei Tennisplätze. Gut. Das wäre also auch erledigt. Ich mußte nur noch die anderen Bücher und das Auto ins Geschäft zurückbringen. Ein Tuch verbarg das Bild neben dem Fenster, an dem die Signora gerade malte. Natürlich konnte es sich nicht *nicht* um einen Hund handeln. Ich lupfte das Tuch. Auf der Leinwand war ein großer schwarzer Dobermann dargestellt. Er war identisch mit dem, der mich bei meiner Ankunft die Allee entlang begleitet hatte. Er ließ sich von einer Frau ankacken, die lange rote Haare hatte wie Kelly LeBrock.

19.

Damit ich studieren konnte, hatte ich sogar auf das Schreiben verzichtet. Darüber hinaus war Tondelli unauffindbar, und ich wußte nicht, welches Ende meine Erzählungen genommen hatten. Irgendwie bereitete ich mich auf die Prüfung vor. In der Prüfung beantwortete ich alles, ich konnte mich nur nicht daran erinnern, daß Sokrates durch den Schierlingsbecher gestorben war.

»Was wollen wir ihm geben«, fragte der Professor seinen Assistenten, »eine Drei minus?«

»Waren Sie regelmäßig im Seminar?« fragte mich dieser.

»Ja klar.«

Ich hatte mir sämtliche Beine ausgerissen, um das Seminar während der Mittagspause besuchen zu können.

»Wenn ich es recht überlege ...« Der Professor sah mir in die Augen. »An Sie kann ich mich gar nicht erinnern. Dann ist es wohl besser, wenn wir uns im nächsten Jahr noch mal unterhalten.«

»Der Nächste bitte«, fügte der Assistent hinzu.

20.

Die Chefin kam normalerweise um elf in Begleitung von Cassietto. Egal was ich gerade tat, ich mußte alles stehen- und liegenlassen und ihren Wagen einparken. Bei ein paar Rallyemanövern hatte ich schon Dellen reingefahren, aber sie hatte das bis jetzt noch nicht bemerkt.

Meine Arbeitszeiten nagelten mich von halb neun bis eins und dann von drei bis halb acht fest. Abends wurde es aber fast immer später, dank der professionellen Arschlochkunden, die um sieben Uhr neunundzwanzig hereinkamen und sagten: »Ist schon geschlossen?« und dann eine halbe Stunde blieben, um eine Postkarte zu kaufen.

Nachmittags half Luciana, eine Freundin von *Miss* Alberta, im Laden aus. Beim Teekochen. Die Putzfrau und der Buchhalter ließen sich im Durchschnitt einmal die Woche blicken. Ich konnte nichts nach eigenen Vorstellungen machen. Die Chefin befahl mir: Tu dies und mach das. Ständig. Ohne Pause.

»Walter, machen Sie der Signora ein Päckchen zurecht.«

»Walter, schaffen Sie Ordnung in dem Regal.«

»Walter, vergessen Sie nicht staubzusaugen.«

»Walter, das Toilettenpapier ist aus. Gehen Sie in den Supermarkt und kaufen Sie zehn Rollen.«

Ich bin nicht sicher, ob im Tarifvertrag auch festgelegt war, wer staubsaugen oder Toilettenpapier kaufen mußte. Aber ich brauchte die Arbeit. Eine Menge junger Leute brauchten Arbeit. Und sie, die Chefin, wußte das. Sie suhlte sich in dieser Gewißheit. Mein Gehalt belief sich auf weniger als achthunderttausend Lire im Monat. Die Überstunden wurden mir nicht angerechnet. Sozialbeiträge zahlte sie selbstverständlich nicht. Ich hielt mich über Wasser, indem ich mir immer häufiger sagte, daß ich auf keinen Fall länger als unbedingt nötig bleiben würde.

Dann, eines Morgens, als ich gerade vom Einparken des Wagens der alten Nutte ins Geschäft zurückkam, traf mich fast der Schlag. Während ich draußen gewesen war, hatte sich in der Buchhandlung ein Mädchen materialisiert. Als ich eintrat, sah sie mir geradewegs in die Augen, was mich auf der Schwelle Wurzeln schlagen ließ. Ich war noch nie einem solchen Blick begegnet.

Da war er, der Weltuntergang. Groß. Selbstbewußt. Die langen braunen Haare lagen offen auf den Schultern. Sie mußte unter Zwanzig sein und strahlte doch etwas aus, etwas extrem Sexuelles. Ich konnte es nicht fassen, daß so ein Mädchen nur wenige Meter entfernt dieselbe Luft atmete wie ich.

»Walter, was stehen Sie da dumm rum? Packen Sie diese vermaledeiten Kartons aus, und beeilen Sie sich!«

Nur mühsam drangen die von einer fernen, fremden, krächzenden Stimme gesprochenen Worte in mein Gehirn vor.

Sie hatte zwei unglaubliche Beine, einen perfekten Arsch, zwei phantastische Schenkel. Ihre Brüste lächelten mich unter der Bluse an. Ich will weg von hier, dachte ich. Ich will mit ihr weg von hier. Sie blätterte in Bruce-Weber-Büchern, die auf einem Tisch lagen. Ich konnte meine Augen nicht von ihr abwenden. Nie zuvor hatte ich etwas Ähnliches gesehen. Nicht mal im Kino oder in der ›Vogue‹. Ab und zu strich sie sich mit einer Hand durchs Haar und sah mich an. Sie sah mich an, wirklich mich. Ihre bezaubernden Augen durchbohrten mich. Sie waren reiner Sex bei zehntausend Grad Fahrenheit, sie anzuschauen war wie mit ihr schlafen, in einem einzigen Augenblick verlor ich meine Unschuld.

Ich wußte nicht, was ich tat. Ich versuchte die Bücher, die ich aus den Kartons zog, nach Titel und Verlag zu ordnen: keine Chance. Mir war jetzt alles scheißegal. Sie war es, die ich wollte. Ich mußte sie ansprechen. Sie kennenlernen. Jetzt, da ich wußte, daß es sie gab, konnte ich nicht mehr atmen, ohne zu wissen, welchen Duft ihre Haut verströmte. Ich konnte nicht mehr zuhören, ohne zu wissen, welchen Klang ihre Stimme hatte. Ich konnte nichts mehr anfassen, ohne zu wissen, was man bei der Berührung ihres Fleisches empfand. Ich hatte eine irrsinnige Erektion.

»Walter, gehen Sie, und holen Sie diese Kunstgeschichtsbücher.«

Die Hexe hielt mir eine Liste mit Buchtiteln hin. Ich rührte mich nicht.

»Es ist dringend. Für den Ingenieur.«

Ich verstand nicht.

»Walter, weilen Sie noch unter den Lebenden? Sie müssen im Lager die Bücher auf dieser Liste zusammensuchen!«

Ich hätte ihr die Kehle durchschneiden können. Ich krallte mir den Zettel und bewegte mich auf die Tür zum Lager zu. Bevor ich sie öffnete, drehte ich mich um. Das Mädchen lächelte mir zu. Sie schien dem Stift von Milo Manara zu entstammen. Ich dagegen einer Schmiererei von Hanna & Barbera. Ich werde jetzt hinausgehen und sie ansprechen, dachte ich, während ich die Bücher für die alte Nutte zusammensuchte. Ihre Augen, ihre Haare, ihr Arsch. Mein Leben war nicht mehr dasselbe, seit ich dies alles gesehen hatte. Ich beschloß fortzugehen, sofort. O nein, die würde ich mir nicht durch die Lappen gehen lassen. Eine andere Arbeit würde ich schon finden. Was konnte mir groß passieren, wenn ich so eine Stelle aufgab?

Mit den Büchern kam ich in den Laden zurück. Sie war verschwunden. Ich schaute mich um. Ich sah überall nach. Ich suchte und suchte. Sie war fort.

»Walter, füllen Sie einen Lieferschein aus«, sagte der Tod. Ich rannte auf die Straße. Nichts. Sie war verschwunden, Schluß, aus, für immer verloren. Ich fühlte die Leere in meinem Inneren. Ich ging in den Laden zurück.

»Walter, darf man erfahren, was mit Ihnen los ist? Wer hat Ihnen gesagt, daß Sie hinausgehen sollen? Ihr Verhalten wird Sie einen Gehaltsabzug kosten.«

Der Tod fuhr mit seinem Gekrächze fort. Ich hörte nicht mehr hin.

Während ich den Lieferschein ausfüllte, konnte ich nicht anders, als durch das Schaufenster hindurch unablässig die Menge abzusuchen. Ich wollte an jedem anderen Ort der Welt sein, nur nicht hier. Schließlich war auch ich ein Verkäufer geworden. Aus meinem Käfig heraus sah ich nach draußen, aber es gab nichts mehr zu sehen.

Dank an: Barbara, Elisabetta, Liz, Walter, Ada, Pier Vittorio, Gianni, Elena, Joe, Paul, Mick, Nick, Sid, Steve, Paul, John, Joey, Johnny, Tommy, Dee Dee, Jello, Klaus, D. H., East Bay Ray, Ernst, Frank und Hank.

Binnie Kirshenbaum im dtv

»Wer etwas vom Seiltanz über einem Vulkan lesen will, also von den Erfahrungen einer kühnen Frau mit dem männlichen Chaos, dem sei Binnie Kirshenbaum nachdrücklich empfohlen.«
Werner Fuld in der ›Woche‹

Ich liebe dich nicht und andere wahre Abenteuer
dtv 11888

Zehn ziemlich komische Geschichten über zehn unmögliche Frauen. Sie leben und lieben in New York, experimentierfreudig sind sie alle, aber im Prinzip ist eine skrupelloser als die andere... »Scharf, boshaft und irrsinnig komisch.« (Publishers Weekly)

Kurzer Abriß meiner Karriere als Ehebrecherin
Roman · dtv 12135

Eine junge New Yorkerin, verheiratet, linkshändig, hat drei außereheliche Affären nebeneinander. Sie lügt, stiehlt und begehrt andere Männer. Daß sie ein reines Herz hat, steht außer Zweifel. Wenn sie nur wüßte, bei wem sie es verloren hat, gerade. »In diesem unkonventionellen Roman ist von Skrupeln keine Rede. Am Ende fragt sich der Leser amüsiert: Gibt es eine elegantere Sportart als den Seitensprung?« (Franziska Wolffheim in ›Brigitte‹)

Ich, meine Freundin und all diese Männer
Roman · dtv 24101

Die beiden Freundinnen Mona und Edie haben sich im College kennengelernt und sofort Seelenverwandtschaft festgestellt. Sie sind entschlossen, ein denkwürdiges Leben zu führen. Und dabei lassen sie nichts aus... »Teuflisch komisch und frech. Unbedingt lesen!« (Lynne Schwartz)

Maxim Biller im dtv

»... begrüßen wir einen möglichen Geistesenkel Tucholskys!«
Süddeutsche Zeitung

Die Tempojahre
dtv 11427

Leichtfüßig, mit entwaffnender Selbstironie und einer Portion Arroganz nimmt Maxim Biller sich in den ›Tempojahren‹ all der Unwahrheiten und Bluffs, der Schein-Phänomene und falschen Idole unseres Medien-Zeitalters an. Verschont wird dabei niemand: Von Mickey Rourke bis Marcel Reich-Ranicki – Biller ist ein mutig-respektloser Promischreck. »Er attackiert Zeitgenossen und Zeitströmungen in einer frechen, angriffsbetonten Sprache, der es nicht an stilistischer Furore, wohl aber an Respekt fehlt. Biller liebt nicht den leichten Degen, er bevorzugt den Säbel.« (Der Standard)

Wenn ich einmal reich und tot bin
dtv 11624

»Ich habe seit den Nachkriegsromanen von Wolfgang Koeppen, seit Bölls früher Prosa, seit einigen Essays von Hannah Arendt, Adorno, Mitscherlich und Hans Magnus Enzensberger kaum etwas gelesen, das dem Blendzahn der Zeit so wahr und diesmal so witzig an den Nerv gegangen wäre... Was für ein Buch!« (Peter von Becker in der ›Süddeutschen Zeitung‹)

Land der Väter und Verräter
dtv 12356

Poetisch und mitreißend, komisch und ernst erzählt Maxim Biller von der Zeit, in der wir leben. Sein Buch ist ein faszinierendes Kaleidoskop unserer Epoche: Sechzehn mitreißende, tragikomische Erzählungen über traurige Überlebende, komische Lebenskünstler, verwirrte Wissenschaftler, abgefallene Stalinisten, freche Mädchen, gemeine Schriftsteller, melancholische Mütter und lügende Väter.

T. C. Boyle im dtv

»Aus dem Leben gegriffen und trotzdem unglaublich.«
Barbara Sichtermann

World's End
Roman · dtv 11666
Ein fulminanter Generationenroman um den jungen Amerikaner Walter Van Brunt, seine Freunde und seine holländischen Vorfahren, die sich im 17. Jahrhundert im Tal des Hudson niederließen.

Greasy Lake und andere Geschichten
dtv 11771
Von bösen Buben und politisch nicht einwandfreien Liebesaffären, von Walen und Leihmüttern...

Grün ist die Hoffnung
Roman · dtv 11826
Drei schräge Typen wollen in den Bergen nördlich von San Francisco Marihuana anbauen, um endlich ans große Geld zu kommen.

Wenn der Fluß voll Whisky wär
Erzählungen · dtv 11903
Vom Kochen und von Alarmanlagen, von Fliegenmenschen, mörderischen Adoptivkindern, dem Teufel und der heiligen Jungfrau.

Willkommen in Wellville
Roman
dtv 11998
1907, Battle Creek, Michigan. Im Sanatorium des Dr. Kellogg läßt sich die Oberschicht der USA mit vegetarischer Kost von ihren Zipperlein heilen. Unter ihnen Will Lightbody. Sein einziger Trost: die liebevolle Schwester Irene. Doch Sex hält Dr. Kellogg für die schlimmste Geißel der Menschheit...
Eine Komödie des Herzens und anderer Organe.

Der Samurai von Savannah
Roman
dtv 12009
Ein japanischer Matrose springt vor der Küste Georgias von Bord seines Frachters. Er ahnt nicht, was ihm in Amerika blüht...

Tod durch Ertrinken
Erzählungen
dtv 12329
Wilde, absurde Geschichten mit schwarzem Humor. Geschichten, die das Leben schrieb.

Ilija Trojanow im dtv

»Urplötzlich wechselt er ins Phantastische oder Groteske. Er verwebt Orientalisches mit Westlich-Technischem, tobt sich im Detail aus, um dann zum kühnen Zeitensprung anzusetzen. Kurz: Er überrascht, wo er nur kann.«

Der Spiegel

In Afrika
Mythos und Alltag Ostafrikas

dtv 12284

»Afrika ist vielleicht der Teil der Welt, in dem es noch am meisten zu entdecken gibt.« Ein wunderschöner Bericht über Ostafrika, die Landschaft und Städte, aber in erster Linie über die Menschen dort. Ein Bericht, der sich durch gründliche Kenntnis und ein tiefgehendes Verständnis, vor allem aber durch ungebremste Begeisterung für den »dunklen Kontinent« und seine Möglichkeiten auszeichnet.

Autopol

in Zusammenarbeit mit Rudolf Spindler

dtv 24114

Sten Rasin mag das schöne neue Europa des 21. Jahrhunderts nicht. Doch bei der jüngsten Aktion seiner Widerstandsgruppe wird er geschnappt. Einmal zu oft. Er wird »ausgeschafft«, dorthin, von wo es kein Zurück gibt – nach Autopol, zu den anderen, die man draußen nicht will, vor denen man Angst hat. Aber Rasin ist kein gewöhnlicher Krimineller. Er ist Idealist, ein Kämpfer, und er will zurück in die Freiheit. Schnell schafft er sich auch in Autopol Verbündete... ›Autopol‹ entstand als *novel in progress* im Internet, zusammen mit der ›aspekte‹-Online-Redaktion. Aus dem literarischen Experiment ist eine spannende Science-fiction-Story geworden, ein Buch mit neuen Dimensionen.

»Born in the USA«
Junge amerikanische Autoren im dtv

»Romane sind wie Rockkonzerte. Entweder bringst du die Leute zum Tanzen oder sie feuern dir Bierdosen an den Kopf.«
T. C. Boyle

Matt Ruff
Fool on the Hill
Roman
dtv 11737
Ein Sommernachtstraum für Freunde der Hobbits? Eine Love-Story? All das und noch viel mehr ist der »Narr auf dem Hügel«.

T.C. Boyle
Der Samurai von Savannah
Roman
dtv 12009
Als der japanische Matrose Hiro Tanaka irgendwo vor der Küste Georgias von Bord seines Frachters springt, ahnt er nicht, was ihm in Amerika blüht...

Jeffrey Eugenides
Die Selbstmord-Schwestern
Roman
dtv 12041
Was geht vor im Innern des Hauses Lisbon? Die fünf Töchter führen ein geheimnisvolles Dasein...

David Bowman
Let the Dog Drive
Roman · dtv 12049
Ein Tramper macht in der Mojave-Wüste die Bekanntschaft einer rothaarigen Baseballfanatikerin...

Anna Shapiro
Auf der anderen Seite vom Bett
Roman · dtv 12089
Manhattan, Downtown, bevor die Monogamie wieder modern wurde.

Binnie Kirshenbaum
Kurzer Abriß meiner Karriere als Ehebrecherin
Roman · dtv 12135
Sie lügt, stiehlt und begehrt andere Männer. Daß sie ein reines Herz hat, steht außer Zweifel.

Gwyneth Cravens
Herzmuster
Roman · dtv 12162
Angela wollte noch nie ein Single in New York sein. Und dann trifft sie Joe...